# El Rey de La Habana

Pedro Juan Gutiérrez

# El Rey de La Habana

EDITORIAL ANAGRAMA

BARCELONA

*Diseño de la colección:*
Julio Vivas
Ilustración: © Jeremy Horner/CORBIS

*Primera edición en «Narrativas hispánicas»: septiembre 1999*
*Primera edición en «Compactos»: abril 2004*

ISBN: 84-339-6767-3
Depósito Legal: B. 15945-2004

Printed in Spain

Liberduplex, S.L., Constitució, 19, 08014 Barcelona

Somos lo que hay,
lo que le gusta a la gente,
lo que se vende como pan caliente,
lo que se agota en el mercado.
Somos lo máximo.

MANOLÍN, EL MÉDICO DE LA SALSA


El subdesarrollo es la incapacidad
de acumular experiencia.

EDMUNDO DESNOES


Tú no juegues conmigo
que yo sí como candela.

*Canción cubana*

Aquel pedazo de azotea era el más puerco de todo el edificio. Cuando comenzó la crisis en 1990 ella perdió su trabajo de limpiapisos. Entonces hizo como muchos: buscó pollos, un cerdo y unas palomas. Hizo unas jaulas con tablas podridas, pedazos de latas, trozos de cabillas de acero, alambres. Comían algunos y vendían otros. Sobrevivía en medio de la mierda y la peste de los animales. A veces al edificio no llegaba agua durante muchos días. Entonces vociferaba a los muchachos, los despertaba de madrugada, y a golpes y empujones los obligaba a bajar los cuatro pisos y subir por la escalera unos cuantos cubos, de un pozo que increíblemente estaba en la esquina, cubierto con una tapa de alcantarillado.

Los niños tenían entonces nueve y diez años. Reynaldo, el más pequeño, era tranquilo y silencioso. Nelson, más fogoso, se rebelaba siempre y a veces le gritaba enfurecido:

—¡No me grites más, cojones! ¿Qué tú quieres?

Ella era coja de la pata derecha y un poco fronteriza o tonta. No andaba bien de la cabeza. Desde niña. Quizás de nacimiento. Su madre vivía también con ellos. Tendría unos cien años, o más, nadie sabía. Todos en un cuarto derruido de tres por cuatro metros, y un pedazo de azotea al aire libre. La vieja llevaba años sin bañarse. Muy flaca de tanta hambre. Una vida larguísima de hambre y miseria permanente. Estaba encartonada. No hablaba. Parecía una momia silenciosa, esquelética, cubierta de suciedad. Se movía poco o nada. Sin hablar jamás. Sólo miraba a su hija medio tonta y a sus dos nietos dándose palos por la cabeza mutuamente y ofendiéndose en medio del cacareo de las gallinas y los ladridos de los perros. «Ésos son locos», decían los vecinos. Y nadie intervenía en aquellas broncas continuas.

A veces encendía un cigarrillo y se recostaba en la baranda de la azotea, a mirar a la calle, a pensar en Adalberto. De joven tuvo decenas de hombres. Le gustaba excitarlos. De cualquier edad. Algunos le decían: «Oye, boba, ven y dame una mamaíta. Te voy a dar dos pesos si me la mamas», y allá iba: a chupar. Algunos le daban dinero. Otros no. Le soltaban la leche y le decían: «Espérame aquí, no te vayas que vengo enseguida», y se perdían. Con Adalberto fue distinto. Los niños son de él, pero el muy cabrón nunca quiso vivir con ellos en la azotea, y cuando la vio embarazada por segunda vez desapareció para siempre. Ahora ya está medio viejuca, monga, apestosa a rayo, coja de una pata, muriéndose de hambre. Sacaba su cuenta y concluía: «¿Quién coño se me va a acercar? Si yo lo que tengo es ganas de morirme.» Pensaba así y se enfurecía consigo misma. Arrojaba el cigarrillo a la calle y, desesperada, gritaba a los muchachos:

—¡Rey, Nelson, bajen a buscar aguaaaa! ¡Repinga, bajen a buscar aguaaaa!

Los niños obedecían. A regañadientes pero obedecían. Al menos ya no los encerraba en un closet oscuro y pequeño durante días. Desde muy pequeños hasta que tuvieron siete años, los metía en aquel lugar húmedo, lleno de tuberías y cucarachas. Sin razón. Sólo para alejarlos de la vista. Los niños se aterraban porque cuando entraban en el encierro podían pasar uno, dos y hasta tres días sin comer, lamiendo la humedad de los tubos. Otras veces los zambullía de golpe en un tanque de agua, gritándoles que se callaran y no jodieran más. Del susto los muchachos se callaban. A veces los hundía en el agua y no los sacaba hasta que —medio asfixiados— pataleaban desesperados. Ahora, mayores y más fuertes, se rebelaban e impedían esos castigos. Vivían a su libre albedrío, aunque a veces iban a la escuela, en San Lázaro y Belascoaín. Más para huir de ella que para aprender. Los maestros enseñaban poco porque los alumnos eran metralla pura. Las muchachitas con trece años ya estaban jineteando a todo trapo sobre los turistas en el Malecón. Los muchachos, batidos con la mariguana y con los negocitos, para hacerse de algún fula cada día. Los padres y las madres brillaban por su ausencia. A nadie le interesaba aprender matemática ni cosas complicadas e inútiles. Y los maestros ya no podían más con aquellas fierecillas. En fin, Nelson y Rey iban tres o cuatro días a la escuela y el resto de la semana se entretenían en la azotea con las palomas y los perros. Tenían cinco perros recogidos en la calle.

Muchas veces la única comida del día era un pedazo de pan y un jarro de agua con azúcar, pero así y todo crecieron. Descubrieron que las palomas de otros venían a posarse en la azotea de ellos, y no era difícil cazarlas vivas. Entonces idearon un señuelo: un hermoso palomo, macho y seductor, que volaba por encima de todos los edificios. Siempre aparecía alguna palomita incauta, admiradora de aquel bello galán. Y allá se iba. Alzaba el vuelo tras él y el palomo la conducía hasta su jaula para hacerle el amor a pierna suelta. Entonces: trass. Rey y Nelson cerraban la puerta de la jaula. En el mercado de Cuatro Caminos pagaban cuarenta o cincuenta pesos por la paloma. Hasta cien pesos si era blanca. Con la crisis y el hambre y la locura por irse del país, todos hacían trabajos de santería, y las palomas, chivos y gallos se vendían a buen precio. Igual las gallinas negras, que son muy buenas para limpiezas y quitarse lo malo de arriba. Cuando los muchachos vendían una paloma la cosa mejoraba: comían un par de pizzas y un batido de fruta. Llevaban pizzas a su madre y a la abuela.

Así y todo, ella seguía gritándoles siempre, como una loca. Vociferando, humillándolos. Ya los dos tenían pendejos en la pelvis y en el culo, la pinga les había crecido y engordado, tenían pelos en las axilas y esa peste a sudor fuerte de los hombres, y la voz un poco más ronca y gruesa. Se pajeaban, escondidos entre las jaulas de los pollos, mirando a la vecinita de la azotea de al lado. En realidad era la misma azotea del edificio, pero años atrás alguien la dividió por la mitad con un muro bajo, de menos de un metro. Ésa era la frontera con los vecinos: una vieja gorda y tetona, con una hija de unos veinte años, y muchos más hijos que vivían por ahí y jamás se acordaban de que ella era su madre. La muchacha era una panetela chorreando almíbar: mulata delgada, bella, jinetera. Sólo salía de noche, elegante y provocativa, y regresaba de madrugada. Durante el día andaba por su pedazo de azotea con unos shorts pequeños y ajustados y una blusita mínima, sin sostenes, y los pezones bien marcados, y ahhh. Una tentación. Reynaldo ya tenía trece años y Nelson catorce. Habían dejado la escuela hacía tiempo. Les apenaba seguir siempre en séptimo grado. Repitieron tres veces el mismo curso, hasta que abandonaron.

Se consideraban hombres. Seguían con las palomas. Cada día eran mejores robando palomas y todos los días vendían una o dos. Era un buen negocito. Eran hombres y ya mantenían a todos en su casa. Pero la madre seguía igual de estúpida. La odiaban por aquellos berrinches y aquellas rabietas delante de todos. Se sentían humillados y le respondían:

—¡No seas monga! ¡Cállate, cojones, cállate!

La azotea cada día estaba más puerca, con más peste a mierda de animales. La abuela casi no se movía. Se sentaba sobre un cajón medio podrido, o en cualquier rincón. Y permanecía horas bajo el sol. Tenían que entrarla al cuarto y acostarla. Andaba como muerta en vida. También tenían que controlar a su madre porque cada día era más estúpida. Ya ni atinaba a bajar las escaleras. La empujaban y le gritaban para que se callara, pero ella berreaba más aún, agarraba un palo y les entraba a palo limpio, intentando defender su territorio. Ellos le quitaban el palo y la reducían con unos bofetones en pleno rostro. Ella lloraba de rabia, gritando, sollozaba, encendía un cigarrillo y se quedaba silenciosa y tranquila, fumando, recostada en la baranda de la azotea, mirando los autos, las bicicletas y la gente que pasaba por San Lázaro. Ya ni se acordaba de Adalberto.

Una mañana, a eso de las once, estaba fumando y mirando a la calle. Nelson le había dado un bofetón duro en la boca y tenía el labio superior hinchado y partido por dentro. Se pasaba la lengua y sentía el sabor a hierro de la sangre. Estaba furiosa. Lanzó la colilla a la calle, escupió un salivazo sanguinolento, con deseos de que le cayera a alguien en la cabeza, y se volteó para entrar al cuarto. El sol estaba demasiado fuerte y le dolía la cabeza. Los muchachos, escondidos detrás del gallinero, miraban a la putica vecina. Los dos tenían los ojos chinos, soñadores, y se la meneaban rítmicamente. La mulatica estaba medio desnuda, tendiendo una toalla y unos pequeños slips rojos, de encaje. Le gustaba que los muchachos se pajearan mirándola. La toalla chorreaba agua y ella la exprimía y se mojaba para refrescarse bajo el sol. En realidad le gustaría verlos de cuerpo entero, frenéticos ante ella, botándose sus pajas, pero aún eran muy niños para atreverse a tanto. Cuando crecieran un poco más serían buenos «disparadores» y exhibirían sus pingas en los portales del Malecón a todas las que quisieran verlos. Por ahora lo hacían a escondidas.

Cuando ella vio aquel espectáculo se sulfató más aún. La furia se le encabritó:

—¡Sigan con las pajas! ¡Sigan con las pajas! ¡Descaraos, se van a morir, salgan de ahí! ¡Los dos! ¡Salgan de ahí!

Agarró un palo para golpearlos, pero de pronto se viró hacia la vecinita provocativa:

—Y tú, puta de mierda, lo haces para joder, porque eres una puta. No los provoques más, que se van a morir. ¡Sin comer y pajeándose todo el día! ¡Los vas a matar, cacho de puta! ¡Los vas a matar!

—Oye, monga, déjame tranquila, yo estoy en mi casa y hago lo que me dé la gana.

—Tú lo que eres una puta.

—Sí, pero con mi bollo. Y vivo mejor que tú veinte veces, que eres una monga y una cochina. ¡So puerca!

Los perros empiezan a ladrar y las gallinas también se alborotan. En medio de tanto ruido y tanta locura, ella trata de cruzar el pequeño muro que separa ambas azoteas, el palo en la mano, amagando con golpear a la vecinita, pero ya Nelson está sobre ella y le quita el palo. Furiosa, intenta cruzar de todos modos al patio vecino, gritando:

—¡Tú lo que eres una puta! ¡Y tú un pajero! Quítame las manos de encima. Suéltame, pajero de mierda.

—¡No me ofendas más, cojones, no me ofendas más!

Nelson está fuera de sí, descontrolado. Es un hombre de catorce años y le duele aquella humillación. Encima las

14

carcajadas burlonas de la vecinita, que ahora provoca más aún:

−¡Vaya, pajero, descarao, te vas a volver loco con tanta paja! Búscate una mujer.

Y se da vuelta y entra en su casa, muy tranquila, meneando el culo a uno y otro lado. En medio del forcejeo, la burla de la putica lo hiere más aún. Le da un fuerte tirón a su madre y la lanza de espaldas contra el gallinero. Un pedazo de cabilla de acero sobresale en una esquina de la jaula y se le entierra por la nuca hasta el cerebro. La mujer ni grita. Abre los ojos con horror, se lleva las manos al sitio por donde entró el acero. Y muere aterrada. En segundos se forma un charco de sangre espesa y de líquidos viscosos. Muere con los ojos abiertos, horrorizada. Nelson ve aquello y de golpe desaparece el odio que siente por su madre. Lo inunda el dolor y el pánico.

−¡Ay, mi madre! ¿Qué hice, qué es eso?

Agarra a su madre, tratando de levantarla, pero no puede. Está ensartada por la nuca en la cabilla de acero.

−¡Yo la maté, yo la maté!

Gritando como un loco sale corriendo hasta la baranda de la azotea y se lanza a la calle. No siente el estrépito de su cráneo al reventarse contra el asfalto cuatro pisos abajo. Murió igual que su madre, con una expresión desfogada de crispación y terror.

La abuelita vio todo aquello sin moverse de su sitio, sentada sobre un cajón de madera podrida. Sin hacer un gesto cerró los ojos. No podía vivir más. Ya era demasiado. Y el corazón se le detuvo. Cayó hacia atrás y quedó recostada contra la pared, impávida como una momia.

Rey no había salido de su escondite detrás del gallinero. Todo fue rapidísimo y aún tenía la pinga tiesa como un palo. La guardó como pudo y se la colocó entre los muslos para controlarla y que no hiciera bulto, hasta que se bajara sola. Se quedó sin habla. Fue hasta la baranda de la azotea y miró. Allí estaba su hermano, estrellado en medio de la calle, rodeado de gente y de policías, el tráfico detenido a un lado y otro de San Lázaro.

En un instante los policías llegaron a la azotea. Venían belicosos:

–¿Qué pasó aquí?

Rey no pudo contestar. Se encogió de hombros y le dio por sonreír a los policías. Los tipos se quedaron boquiabiertos:

–¿Y todavía te ríes? ¿Qué fue lo que hiciste? A ver, dime. ¿Qué fue lo que hiciste?

De nuevo se rió, tenía la mente en blanco, pero al fin pudo hablar:

–Nada, nada. Yo no sé.

–¿Cómo que no sabes? ¿Qué tú hiciste?

–Nada. Yo no sé.

Lo esposaron. Lo bajaron por las escaleras. Le hicieron montar en un auto patrulla y lo condujeron a la estación de policía, a unas cuadras. Lo encerraron en una celda, en el sótano, junto con tres delincuentes. Y allí se quedó. Sin pensar en nada, amodorrado.

Los técnicos de criminalística demoraron tres horas en llegar a San Lázaro. Trabajaron escrupulosamente toda la tarde. El cadáver de Nelson lo levantaron del asfalto a las cinco de la tarde y lo llevaron a la morgue, junto con el de la abuela. Con ella se demoraron un poco más. Ya era de noche cuando decidieron desengancharla de la cabilla y enviarla a la morgue. Era evidente que alguien había empujado violentamente al muchacho desde la azotea y a la mujer, de espaldas, contra el gallinero. La viejita murió de un paro cardíaco, sin violencia. Sólo que no había testigos. Nadie vio nada. Siempre es igual en este barrio. Nadie ve nada. Jamás hay un testigo.

Interrogaron durante tres días a Rey. Estaba aturdido y repetía una y otra vez lo mismo:

—No sé, no vi nada.

—¿Dónde tú estabas? ¿Qué te hicieron? ¿Por qué los mataste?

—No sé. Yo no vi nada.

Rey tenía trece años. No se le podía hacer juicio. Lo enviaron a un correccional de menores, en las afueras de La Habana. Por lo menos era un lugar muy limpio, con los pisos pulidos y todos con uniformes limpios. Le chequearon entre un médico, un dentista, un sicólogo, un instructor policial, un profesor. Rey se enfrió ante aquella gente. Escondió todo lo que sentía y se dedicó a buscar sistemáticamente por dónde escapar. No resistía aquella jodienda de pedir permiso continuamente, levantarse de madrugada a hacer ejercicios, sentarse de nuevo en un aula a escuchar cosas que no entendía ni quería entender. A los tres o cuatro días de estar allí, un negro dos años mayor que él, fuerte y grande, le mostró la pinga en las duchas. Una pinga grandísima. Se le acercó abanicándose aquel animal con la mano derecha:

—Mira, mulatico, ¿te gusta este animal? Tú tienes unas nalgas lindas.

Rey no le dejó terminar. Le fue arriba a piñazo limpio. Pero el cabrón negro estaba enjabonado y los piñazos resbalaban. Los otros los rodearon y empezaron a apostar:

—¡Voy cinco al negro! El mulato está perdío.

—Voy tres al mulato, voy tres al mulato.

Enseguida entraron cuatro guardias repartiendo porrazos a diestra y siniestra. Los apartaron. Les ordenaron vestirse sólo con los pantalones y los llevaron a los calabozos de castigo. Oscuridad absoluta, casi sin espacio para moverse, humedad permanente, ratones y cucarachas. Perdió la noción del tiempo. No sabía si era de día o de noche. Cuando ya no aguantaba más el hambre y la sed, le trajeron un jarrito de agua y un plato de aluminio con un poco de arroz y chícharos en caldo. Le repitieron esa dieta cuatro o cinco veces. Al fin lo sacaron y lo reintegraron a su grupo. Volvió a sentirse una persona, porque en el calabozo ya olía a cucaracha, pensaba y se sentía igual que una cucaracha. El instructor que lo atendía lo llevó a su oficina. Se sentó tras un buró y lo dejó de pie frente a él:

—¿Qué fue lo que pasó?

—Ese negro me quería coger el culo.

—Exprésese correctamente. Aquí nadie es negro ni blanco ni mulato. Todos son internos.

—Bueno..., lo mismo..., cambie negro por interno.

—¿Usted se cree simpático?

—...

—Le estoy haciendo una pregunta. Conteste.

—No. Yo no soy simpático.

—Le voy a advertir una cosa: yo soy el instructor suyo. Yo soy el que decide el tiempo que usted va a estar aquí. Usted tiene trece años. Si sigue fajándose y provocando desórdenes, va a llegar a los dieciocho aquí adentro y automáticamente, el mismo día que cumpla dieciocho, pasa a la cárcel... ¿Está claro? Automáticamente lo envían a los caimanes... pa'que se lo coman. Así que se lo digo una sola vez. Esto no se lo voy a repetir: procure colaborar y portarse bien, a ver si podemos hacer algo por usted.

Y poniéndose de pie. Con aire marcial:

—¡Retírese! ¡Incorpórese a su grupo!

Rey dio media vuelta y salió de la habitación. Fue a sentarse en un banco, en el patio interior del correccional. Y, sin darle vueltas al asunto, pensó directamente cuál era la regla del juego: «Entonces, aquí hay que ser durísimo pa'que no me cojan el culo, pero sin que este tipo se entere. Okey, voy alante.»

Se levantó del banco y fue al albergue. A partir de ahí jamás se rió con nadie ni tuvo amigos. Aprendió a hacer tatuajes, mirando a un blanquito ganso que sabía dibujar. Por suerte el negro no se le acercó más. No era tan duro como aparentaba. De todos modos, le sacó punta y filo a un cepillo de dientes y lo tenía bien escondido en la colchoneta. A veces lo sacaba y comprobaba su punta. Con eso podía taladrarle el corazón al que viniera a abusar. Tenía ganas de metérselo al negro por el cuello y escarbarle bien hasta cortarle todas las venas y desangrarlo. Le tenía odio. Creyó que él era maricón y que le podía coger las nalgas y desprestigiarlo delante de todos. Nada de eso. Él era un tipo durísimo. No se le olvidaba el calabozo por culpa de aquel negro bugarrón, pero iba a salir de allí sin más problemas. Por las noches se botaba una paja pensando en la mulatica jinetera, y cuando soltaba la leche se decía: «Te voy a coger el bollo, puta, te voy a coger. Yo salgo de aquí.»

Por las mañanas iba a las clases. Para nada. No atendía a los maestros. Por las tardes trabajaba en los cítricos. Una plantación enorme de naranjas y limones rodeaba el correccional. Después se bañaba. No tenía costumbre de bañarse todos los días, ni le gustaba el agua y el jabón, pero lo obligaban. Se tragaba el poquito de comida malísima. Casi siempre unas cucharadas de arroz, frijoles y un pedazo de papa o boniato. Veía un poco de televisión. A las nueve se acostaban todos y se botaba su paja. Algunos aprovechaban la oscuridad para templarse a los flojos. Los oía resoplando. Uno aguantando por el culo, el otro soltando leche. Un par de veces se la metió a unos maricones, pero no le interesaba eso. Le gustaban las mujeres. En

19

la escuela estuvo con dos muchachitas. Las dos le dejaron por lo mismo: «Tienes peste a grajo. Siempre tienes peste a grajo y no te bañas nunca. Eres tremendo cochino.» Él no se olvidaba de ellas. Las tetas duras, el bollo pelú, las nalgas, la cara bonita, el pelo largo, la voz suave, los besos, ahhh..., tenía que salir de allí. Con calma. Hasta ahora las cosas iban bien. No hablaba con nadie. Se acordaba de su abuela silenciosa y se decía: «Eso es lo mejor. No hablar con nadie. Que no me jodan.»

Al único que se acercaba era al tipo de los tatuajes. Los hacía con un alfiler. Fabricaba tinta con jabón y tizne de un mechero de kerosene. Se demoraba días para un dibujo, escondiéndose de los guardias. Punto a punto, con mucha paciencia. Rey se ponía a mirar cómo era aquello. El tipo cobraba dos o tres cajas de cigarros o una camiseta, un bolígrafo. Algo, cualquier cosa. Está bien, no era mal negocio. Consiguió un bolígrafo prestado, se dibujó una paloma volando, en la parte interior del antebrazo, cerca de la muñeca. Allí los guardias no se la verían y no preguntarían nada. Le pidió prestado el alfiler al tipo. No se lo quiso prestar. Lo agarró por las orejas y lo lanzó al piso. El tipo le dio el alfiler sin abrir la boca. Cogió el mechero y el jabón y se fue a marcarse su paloma. Le dolían los pinchazos, pero le gustaba aquello. Le quedó bien, negra y nítida. Si no fuera por los guardias seguiría pintándose todo el cuerpo, pero no quería más enredos con el instructor.

Al otro día un jabao le dijo que quería tatuarse una paloma igual.

—¿Qué me das?

—Una caja de cigarros.

—No. Una paloma da mucho trabajo.

—Te doy una caja ahora y otra dentro de quince días.

—Está bien.

Un mes después había hecho tres tatuajes, incluyendo una Virgen de la Caridad del Cobre, y ya era el dueño del negocio. Todo le fue un poco más fácil. Lo respetaban. Nadie se le acercaba para conversar tonterías. La rutina es lo ideal para que el tiempo pase. Se aficionó a la mariguana. A veces, en los naranjales, se fumaba un cigarrito aprisa cuando los guardias se alejaban lo suficiente. Le gustaba aquel letargo. En realidad detestaba la escuela por la mañana. Y detestaba más aún trabajar por las tardes, y bañarse siempre, y comer y acostarse todos los días a la misma hora. Como un animalito. Una vez se tiró un pedo en el comedor, durante la comida, y casi tuvo un pie en el calabozo. ¡Hasta eso estaba prohibido allí! ¡Cojones, así no se puede vivir!

Durante algún tiempo pensó que podría escaparse desde los naranjales. Sin hablar con nadie fue analizando el terreno. Estuvo meses con esa idea. Hasta que desistió. Donde menos se lo imaginaba había un guardia controlando un buen pedazo de terreno. Y además los perros. No. Tuvo que desistir de la idea.

Después de abandonar su plan de fuga se interesó por las perlas en el glande. En la enfermería siempre había alguien con la herida infectada. Ésos tenían mala suerte: les curaban la infección y además les operaban y les extraían la perla. Pero a otros muchos les sanaba bien y nadie se enteraba. Algunos se colocaban hasta tres perlas. No eran exactamente perlas. Eran municiones de acero, de los rodamientos de bicicletas. Dos tipos se dedicaban a eso. Una tarde de domingo vio cómo lo hacían: agarraban el pene del «paciente», lo desinfectaban con alcohol y le hacían una incisión por arriba, en la piel, cerca de la cabeza. Halaban esa piel, hacían la incisión, colocaban una, dos o tres municiones. De nuevo colocaban la piel en su sitio y lo sellaban todo con esparadrapo para que sanara. Curaban la herida a diario, con alcohol. Usaban un cuchillo plástico, de cepillo de dientes. En una semana ya estaba listo: sano o infectado. Si había que ir a la enfermería el paciente decía que se lo hizo él mismo.

Le hicieron cuentos de cómo las mujeres se vuelven locas con esas perlas en el glande, «perlanas» en el argot de presidio.

—Cuando se sabe usar, las jebas se arrebatan, acere —le dijo uno de los tipos que operaban.

—¿Cuánto cobras por eso? —le preguntó Rey.

—¿Cuántas quieres ponerte?

—Dos.

—Vamos a hacer un arreglo. Me haces un tatuaje de Santa Bárbara, en la espalda. Grande. Que abarque toda mi espalda. Y listo.

—Okey. Primero me pones las perlas y cuando esté sano te hago el tatuaje.

Rey era un mulato delgado, de estatura normal, ni feo ni bonito, no recordaba haber comido carne jamás. Ni siquiera de cerdo. Si alguna vez la probó fue de pequeño y no se acordaba. Sin embargo, no tenía mala salud. Le pusieron las dos municiones de acero, aunque insistían en llamarlas «perlas». No soltó mucha sangre. Se tragó un buche de alcohol para resistir mejor el dolor. Cuatro días después ya estaba sana la herida. Cuando saliera para la calle, podría decir a las jebas que era marinero y que las perlanas se las colocaron en China. Eso decían todos los presidiarios con perlas en el glande. Nadie decía que estuvo guardado en el «tanque». Nadie decía la verdad. «En este mundo nadie dice la verdad. Todo es mentira. ¿Por qué yo voy a decir la verdad? Nada. Marinero. Y los marineros siempre tienen pesos y se les pegan las jebas como moscas al azúcar», pensaba.

Todo lo demás fue aburrido en el correccional. Cada

cierto tiempo el instructor lo llevaba a la oficina e intentaba saber qué sucedió aquella mañana en la azotea.

—Acaba de decir qué pasó. Ayúdame a resolver tu caso.

No le salían las palabras, no podía. Cada vez que aquella escena se le estaba borrando de la cabeza, venía este tipo con su jodedera a pedirle que recordara.

—No, no sé, no sé.

—¿Cómo no vas a saber, muchacho?

—No. No sé.

Los meses siguieron pasando con la misma monotonía de siempre. Pasaron tres años y cumplió dieciséis. Tranquilo, sin una visita jamás. No tenía a nadie. Debido a su carácter amargado y receloso tampoco tenía amigos. Siempre andaba solo. Un día los jefes dijeron que los naranjos estaban mal atendidos. Reorganizaron los grupos de trabajo. El grupo que obtuviera mejores resultados tendría un viaje a la playa. ¿Un viaje a la playa? ¿Para qué? Él no sabía nadar. No le importaba ese viaje a la playa y siguió al mismo ritmo de siempre: andando por inercia, trabajando lo menos posible, haciendo los tatuajes y metiéndose algún trancazo de mariguana cuando podía. Una mañana los reunieron a todos y felicitaron el grupo al que pertenecía Rey: eran los mejores y el premio consistía en pasear el sábado por la noche, a Guanabacoa. Todo un lujo. Una orquesta de salsa se presentaría en la casa de cultura. El jefe del grupo pidió permiso para hablar:

—El premio era un día entero en la playa, según habían dicho.

—No. Eso será otro día.

—Correcto. Permiso para sentarme.

—Puede.

A Rey le daba igual. Ni sabía nadar, ni sabía bailar, ni le gustaba la música, ni le gustaba el agua, así que al carajo. Se disgustó con aquel premio morronguero. Tendría que ir porque era obligatorio, pero se sentaría en un rincón hasta que terminara aquella mierda. Estuvo de mal humor varios días. El sábado anduvo más amargado aún, pero no quería pedir permiso para quedarse en el albergue porque no se lo darían. Únicamente con diarrea o con cuarenta de fiebre podría quedarse. Subió a la guagua tranquilamente. Iban cuatro guardias con ellos. Llegaron a la casa de cultura. Los sentaron juntos y los guardias se quedaron en los pasillos. Al rato llegó la orquesta y enseguida comenzó el concierto. Tocaban bien. Una salsa rica. El local empezó a llenarse hasta los topes de gente joven. Todos bailando menos ellos. Eran veintitrés internos, vestidos de gris. Muchachos entre trece y dieciocho años. Bailando en sus asientos, ansiosos, mirando a las muchachitas que bailaban meneando mucho la cintura, con sus faldas cortas y mostrando el ombligo. Ahora la moda era mostrar el ombligo. Los guardias también se habían relajado y bailaban un poquito, pero suave, sin perder el control y sin moverse de sus puestos. El erotismo del baile inundaba el salón, y la música, incesante, estimulaba los sentidos, pero Rey seguía de pésimo humor, y además tenía deseos de orinar. Deseos urgentes de orinar. A la derecha de la sala, hacia atrás, había un baño de hombres. Pidió permiso para ir.

—Dale, ve y apúrate.

Rey fue al baño. Orinó. Salió de nuevo a la sala. Su grupo y los guardias estaban en la parte delantera, a unos cuarenta metros de distancia. El salón atestado de gente ruidosa, sudando. Todos bailando. Nadie miraba hacia el baño. Tranquilamente, sin pensar nada, Rey salió caminando hacia la puerta principal. Nadie lo miró, nadie le preguntó nada, y siguió caminando por la acera, hacia cualquier lugar. No sabía adónde iba ni por qué hacía eso. Salió del pueblo, cruzó frente a un cementerio. La noche era muy oscura. Le gustaba aquello. Iba despacio, paseando, sin prisa. Más allá del cementerio había un grupo de casas a ambos lados de la carretera. En una tendedera se secaban unas camisas, un short, una camiseta. La gente dormía temprano por allí. «Coño, esto es un regalito pa'mí.» Agarró aquella ropa y siguió. Más adelante se cambió, tiró el uniforme gris en una cuneta. Ahora iba de civil, aunque tenía la cabeza rapada, pero muchos hombres usaban ese pelado. Siguió caminando sin prisa por la carretera oscura. A lo lejos, a la izquierda, se veía la antorcha de la refinería y más allá las luces de la ciudad. ¿Lo estarían buscando? Bueno, si lo agarraban iba al calabozo de cabeza. Esto sí era grave. Pero no. No tenían que encontrarlo. Además, le daba igual. «Total», pensaba, «aquí afuera no tengo nada que hacer y allá dentro tampoco. ¿Para qué nace la gente? ¿Para morirse después? Si no hay nada que hacer. No entiendo para qué pasar todo este trabajo. Hay que vivir, batirse con los demás pa'que no te jodan y al final todo es mierda. Ahh, me da igual estar adentro que afuera.»

Caminó hasta cansarse. Ya andaba cerca del puerto. Por allí se veían los barcos bien iluminados en medio de la bahía. Aquella zona era de fábricas, almacenes, enormes extensiones cubiertas de hierros viejos enredados en matorrales, carrocerías de autos chocados, contenedores metálicos podridos, todo abandonado y desolado. Sin un alma. Tenía sueño y se internó entre la herrumbre y los arbustos de aquel sitio oscuro y silencioso. Se acomodó dentro de un contenedor viejo, lejos de la carretera. Allí no lo vería nadie. Y se quedó dormido.

Cuando despertó, el sol estaba alto y ardiente. Permaneció tranquilo, escuchando, alerta, inmóvil. Fue identificando los sonidos: camiones que iban y venían por la carretera, zumbidos entremezclados de las fábricas, un martillo neumático, unos gritos. Todo lejano. Mucho más cerca, el piar de varios tipos de pájaros. Quizás cantaban posados en unos árboles frondosos, a pocos metros. Una ráfaga de aire fresco lo sacó de la modorra. Se estiró, bostezó y se puso de pie. Con mucho cuidado miró los alrededores, y le gustó lo que vio: un mar de chatarra oxidada y retorcida, matorrales, algunos árboles, tranquilidad y silencio. A lo lejos se divisaban unas fábricas pequeñas y, bajando una leve pendiente, frente a él, la bahía, con unos pocos buques fondeados esperando turno. La brillante luz solar lo enceguecía, pero haciendo un esfuerzo vio a lo lejos a varias personas registrando en un basurero, niños y adultos. Tenía hambre y pensó que quizás en el basurero podría encontrar algo. Esperó a que se fueran, pero se iban unos y aparecían otros. Se hizo de noche y vio una lucecita en dirección del basurero. Quizás había alguien que le podía dar algo de comer. Se acercó sigilosamente, sin ruido. Eran tres hombres y una mujer, muy sucios. Tal vez eran los buzos que vio de día en el basurero. Tenían cara de buena gente. Estaban callados y un mechero los iluminaba bien en medio de la oscuridad. Le costó trabajo, pero al fin se decidió. Se acercó y saludó:

—Buenas noches.

Lo miraron y no le contestaron. Eran muy cochambrosos y se quedaron a la expectativa, tensos:

—¿Tienen algo de comer que me puedan...?

—¡No! —le interrumpió uno de los hombres.

Otro de los tipos se puso de pie, con un pedazo de tabla en la mano. Lo amenazó:

—Dale, dale, sigue tu camino.

Rey se alejó unos pasos, sin darle la espalda al tipo amenazante, y volvió a insistir:

—Es que tengo hambre.

—Nosotros también. Dale, agila, largo de aquí.

—Así se le dice a los perros.

—Eso es lo que tú eres. ¡Fuera! ¡Fuera!

Salió a la carretera. Pasaron dos camiones a descargar en el basurero y le soplaron polvo en el rostro. Iban aprisa. Detrás venía un carro de patrulla de la policía. Lo vio cuando ya era tarde para esconderse. Del susto le dieron ganas de cagar, pero pasaron velozmente por su lado. Respiró aliviado. Dos segundos después la policía interceptó a los camiones. Él se internó entre los matorrales para cagar. Tenía un poco de estreñimiento y le dolió el culo. Hacía días que no cagaba, así que le vino bien el susto. Se limpió con un pedazo de la camisa. Regresó a su escondite. Desde allí observó todo. A los pocos minutos llegaron dos patrulleros más. Registraron los camiones. Hablaron. Revisaron papeles. Esperaron. Hablaron de nuevo. Finalmente se fueron. Cada uno por su rumbo. ¿Qué habría pasado allí? Rey se quedó dormido. Cuando despertó tenía un hambre de perro. Aún era de noche. Se levantó y salió caminando despacio. Nunca se daba prisa. ¿Para qué?

Amanecía cuando vio las primeras casas de Regla. Veía por primera vez ese pueblecito, al otro lado de la bahía. Mientras vivió en San Lázaro jamás salió de aquellas pocas cuadras. Escuchaba a la gente hablar del Cerro, de Luyanó, de Regla, de Guanabacoa, pero nunca se movieron. Después, tres años y pico encerrado.

¿Lo estarían buscando? Bueno, le daba igual. Se sentó en el quicio de una puerta a esperar que amaneciera. Estaba acostumbrado al hambre. Desde siempre. ¿Qué tiempo llevaba ahora sin comer y sin beber agua? Dos noches y un día. Se quedó medio aturdido, recostado en la pared. Al poco rato abrieron un puestecito de fiambres a unos pasos de él. Alguna gente comenzó a pasar. Se acercaban, bebían café. Algunos comían una empanada. El hambre, la sed y la caminata lo habían agotado y tenía mareos, pero hizo un esfuerzo y se arrastró hasta allí. Extendió la mano: «Ayúdeme, para comer.» La gente lo miraba con asco, como si vieran a un perro sarnoso. El dueño del puesto lo ahuyentó: «Dale, aléjate de aquí.» Se alejó unos pasos, pero siguió con la mano extendida: «Ayúdeme a comer.» Un negro viejo se detuvo ante él y lo miró. Vestía pobremente y tenía tres collares de colores al cuello:

–¿Qué te pasa?

–Ayúdeme a comer algo, señor.

–¿Por qué no trabajas, chico, con lo joven que estás?

–Ayúdeme, señor, tengo hambre.

El hombre le dio unas monedas y siguió caminando. Rey compró una empanada. La masticó despacio. El resto no le alcanzó para un refresco. Puso aquellas monedas sobre el mostrador:

–Déme un poquito de refresco.

–No, es un peso. Ahí tienes veinte centavos. Dale, vete de aquí. Te dije hace rato que te fueras.

–Déme un poquito de agua.

–No hay agua. Vete de aquí, ¿tú no oyes?

Se alejó de nuevo y siguió pidiendo. Nadie le dio ni una moneda más. Ya el sol estaba alto. Empezó a observar un bar-cafetería, al frente. Vendían pan con croqueta, refrescos, ron, cigarros. Se sentó en la acera a ver si se le ocurría algo. Al rato llegaron dos mendigos. Registraron el contenedor de basura junto al bar. Escarbaron, buscaron a fondo. Se fueron con las manos vacías. Por un pasillo, entre el bar y otro edificio, salió uno de los dependientes y tiró restos de la comida en un cubo. Era sancocho para los puercos. Apestoso a comida podrida. En aquel caldo asqueroso sobresalían unos pedazos de pan, restos de croquetas, cáscaras de mangos. Recogió todo y salió a la calle tragándose aquella porquería. Un niño lo vio y le gritó al dependiente del bar: «Tío, mira, se está robando el sancocho.» El hombre detrás del mostrador le gritó: «Oye, dale, huye de aquí. No entres más ahí.» A pesar de los gritos, Rey sonrió y le pidió un vaso de agua. «No hay agua, no hay nada. Te dije que te pierdas de aquí o llamo a la policía.»

Rey se alejó rápido, en dirección a los muelles. Se tiró en un rincón y se puso a mirar el desembarcadero de la lancha de pasajeros, entre La Habana y Regla. Al frente hay una plazoleta amplia y la iglesia de la Virgen de Regla. Él no sabía nada de iglesias ni religión. Ni su madre, ni su abuela, nadie jamás le había hablado del asunto. En el barrio mucha gente usaba collares, había toques de tambor, altares. Vio todo aquello desde niño, pero no tenía nada que ver con él. ¿Para qué la gente haría todo eso? Entraban y salían de la iglesia. ¿Qué harían allí dentro? Se sentó en el muro. Su vida siempre transcurría lenta. Horas esperando, sin hacer nada. Días, semanas, meses. El tiempo pasando poco a poco. Por suerte, él no pensaba mucho. No pensaba casi nada. Se quedaba observando a su alrededor, sobre todo a las mujeres. Tranquilo. No tenía nada en que pensar.

Unos viejos borrachos venían trastabillando por la acera, pasándose una botella de ron. Muy delgados, sucios, patilludos, apenas vestidos con unos harapos, pero muy animados, conversando los tres al mismo tiempo, quitándose la palabra uno al otro. Se sentaron cerca de él y siguieron su cháchara de borrachines profesionales. Uno de ellos lo miró y –automáticamente– Rey le extendió la mano:

—Déme algo para comer.

El borrachito lo miró seriamente. Se distanció un poco para enfocarlo mejor y –muy pomposo, convencido de que decía algo imperecedero– alzó la mano derecha para acentuar más aún. Arrastrando las erres, dijo:

–Primera vez en la historia de la humanidad, primera vez, no se les olvide, primera vez, que un muertodehambre le pide limosna a otro muertodehambre.

–Para comer algo, señor.

–¿Dónde tú tienes los ojos? ¿En el culo?

–Es que tengo hambre.

–Ah, el hambre ya te quemó. Ya tú no ves bien, ni sabes nada. Mira, atiéndeme. –Le puso un brazo sobre los hombros y lo estrechó con camaradería–. Date un trago. No hay que comer nada. Lo que hay que hacer es beber, y olvidar las penas. Penas de amor, de salud y de dinero. Venimos a sufrir a este mundo. A este valle de lágrimas.

–Yo no tengo penas. Lo que tengo es hambre.

–Todos tenemos hambre, pero hay que beber. ¿Quieres un cigarro?

–Yo no fumo.

–Un trago. Bebe.

–No.

–Bebe.

–No.

–Coge, chico, date un trago. No seas maleducado.

Rey agarró la botella y bebió un buche corto. Era matarratas y le cayó como una bomba en el estómago.

–Ésa es la cosa. Coge un cigarro ahora.

–No, no. Dame algo para comer.

–Y dale con la jodienda del comío. No hay comida. Ron y cigarros es lo que hay.

Rey se levantó y se alejó un poco. No quería oír letanías de borrachos abajo de aquel sol.

–Ven acá, ven acá –le llamaron de nuevo.

Los tres borrachitos se registraron los bolsillos. Reunieron unas monedas y se las dieron. Él las tomó.

–Gracias.

–No, no. Gracias no. Fíjate lo que te voy a decir: los hombres beben ron. No se puede pedir dinero para comer. Hay que beber y beber y beber...

–Sí, ya, deja eso.

Rey salió caminando a la cafetería del frente, pensando: «Están peor que yo. Siempre hay alguien peor que uno. Al menos no soy borracho.» Compró un refresco y unos panes con croquetas. Una pizza valía cinco pesos. No le alcanzaba para tanto.

Aquella noche no tuvo fuerzas para hacer el camino de regreso hasta los hierros viejos. Se recostó en un árbol en el jardín de la iglesia. Y se durmió. Lo despertaron unos tiros a medianoche. Entre la bruma del sueño vio dos policías corriendo detrás de un negro flaco. Se perdieron por una callejuela, más atrás iba un hombre grueso, muy blanco, con aspecto de extranjero, corriendo pesadamente. Quedó dormido de nuevo y despertó en la mañana. Al rato llegaron unos policías. Se alejó y se ocultó un poco mejor. Casi sin pensarlo entró en la iglesia. Dentro había oscuridad y unos muñecos grandes colocados por aquí y por allá. La gente no hacía nada. Se arrodillaban, se sentaban, iban a encender velas, hablaban en voz baja. Una negrita entró, vestida de azul, se quitó los zapatos y fue arrodillada, arrastrándose, hasta la muñeca negra y la cruz para poner unas flores. Y allí se quedó largo rato. En fin, tremendo aburrimiento. No le gustó. No comprendía absolutamente nada. Sólo recordaba que su madre repetía encolerizada: «¡Me cago en Dios, cojones, me cago en Dios!»

Salió de la iglesia. Los policías aún permanecían allí, pero ni lo miraron. Un viejito, sentado en el quicio de la puerta, recogía limosnas. Tenía un muñeco igual que los de la iglesia, pero más pequeño, y una caja de cartón. Casi todo el que entraba o salía de la iglesia le tiraba unas monedas, y hasta billetes, en la caja. Al viejo le faltaban las dos piernas. Junto a él tenía una silla de ruedas. Rey se decidió y se le acercó después de observarlo un buen rato:

–Óigame, señor, ¿cómo es eso? ¿Dónde se consiguen esos muñecos?

–¿Qué muñeco, chico?

–Ese que usted tiene.

–Ése es San Lázaro, hijo.

–Pero... no..., San Lázaro es la calle donde yo vivía.

–No, no..., bueno, sí, pero..., ay, no me enredes. Estoy cumpliendo una promesa para San Lázaro.

El viejito siguió en lo suyo y no le atendió más. Rey quedó de pie a su lado. Miró a la cajita. Tenía una tonga de dinero. Si le arrebataba la caja y salía corriendo, nadie lo podía agarrar. Sí. Los dos cabrones policías seguían donde mismo. El viejo entendió las intenciones del muchacho y sacó un cable eléctrico grueso, con un tornillo en la punta. Era rígido. Lo tenía escondido debajo de él. Agarró el cable, puso la cajita a resguardo y miró al muchacho. Ahora Rey sí le vio bien la cara de hijodeputa. El viejo no le dijo nada. Pero agarró más fuerte el cable.

–Yo no le voy a hacer nada.

–Vete de aquí.

–Présteme el San Lázaro cuando termine con él.

–No te hagas el comemierda y piérdete de aquí.

–Usted lo que no quiere prestármelo.

–Los santos no se prestan. Vete.

Rey le dio la espalda y se alejó. Se olió las axilas. Estaba cochambroso, con peste a sudor y a suciedad. Le gustaba ese olor. Le recordaba su casa. Pero no quería tener recuerdos de nada ni de nadie. Borró. Había gente vendiendo flores y velas. Una vieja muy gorda vendiendo mangos. Todos frente a la iglesia. Los policías, un poco más allá. De nuevo tenía hambre. Qué jodienda esta de buscar comida y buscar comida y buscar comida. El sol ardía en la plazo-leta, entre la iglesia y los muelles. La lanchita llegó y soltó un tropel de gente apresurada. «¿Para qué se apuran, si de todos modos se van a morir?», pensó.

Del grupo se apartó una persona mayor, muy negra y muy gruesa, vestida con una falda amplia, una blusa ancha y un pañuelo. Todo en blanco y azul, igual que los colla-res en el cuello. Vino directamente hasta muy cerca de él. Se arrodilló junto a una ceiba frondosa, se persignó, rezó un rato, sacó de una bolsa unas frutas, maíz tostado, un coco, plátanos, un santo con la cabeza despegada del cuer-po, monedas, clavos, cintas de telas de colores, roció todo aquello con miel de abeja. Masculló algo más, se persignó, se puso en pie y entró a la iglesia.

«Coño, está bueno eso», pensó Rey. En cuanto la vie-ja entró a la iglesia, él fue hasta allí y lo recogió todo. Se comió las frutas, aunque estaban medio podridas. Guar-dó las monedas y preparó el santo con las cintas de co-lores dentro de una cajita de cartón que recogió por allí. Se situó a cierta distancia de la puerta de la iglesia. Cada vez que alguien pasaba frente a él, sacudía la cajita con las monedas y los clavos y musitaba una letanía de pedi-güeño.

Así se iban los días. El truco del muñeco era bueno. Moneda a moneda todos los días recogía unos cuantos pe-sos y nadie lo molestaba. Comía una pizza caliente y unos panes con croquetas. Cada día más y más cochambroso. Por suerte era casi lampiño y no tenía que afeitarse.

A veces aparecían otros limosneros. Se le acercaban. Intentaban hablar. Él los miraba y no respondía. Mejor así. Creyeron que era sordomudo. Cuando insistían de-masiado se iba a otro sitio. Le molestaba la gente. No que-ría oír a nadie. Se aburría de pasar todo el día con ese mu-ñeco y la cajita en la mano. Salió caminando sin rumbo, enfiló por la carretera y llegó hasta el rastro de hierros viejos. Una tormenta de verano se formaba, con mucho viento y truenos. Poca gente por allí. Nadie le vio entrar a los matorrales. Comenzó la lluvia con rachas furiosas y remolinos y rayos. Entró al viejo contenedor. Ya le gustaba ese sitio y lo podía controlar. Se quitó toda la ropa y puso en un lugar seco la cajita, el santo, el dinero, unos pedazos de pan. Salió desnudo a la lluvia. Era un aguacero torrencial. Se lavó un poco. Al menos se refrescó. El agua nunca le había gustado. Al parecer era algo hereditario en su familia. Pero esta agua fría lo estimuló. Se frotó la pinga, los huevos, se lavó lo mejor posible, hasta tener una erección. La primera en muchos días. Ya ni se acordaba de que tenía pinga y que se le paraba. La lluvia, incesante, era como una cortina a su alrededor. Él solo, en medio de los hierros retorcidos y los matorrales. La pinga no se baja. Se frota y ahh... qué bien. Se masturbó jugando con la lluvia. Lo mismo que hacía de niño con su hermano: jugar bajo la lluvia, en la azotea. Masturbándose se ríe y recuerda cuando era un niño en aquella azotea. Y lanzó el semen. Mucho semen. Ufff. Ya. Ahora quedó más tranquilo, lavándose bajo la lluvia y recordando. Hacía años que no recordaba.

–¡Al carajo, no tengo que acordarme de nada, de nadaaaa! –gritó muy alto, amparado bajo el estruendo torrencial del aguacero.

Lavó un poco su ropa. Después se quedó desnudo dentro del contenedor. Cuando cesó la lluvia ya era un tipo tranquilo y fresco. Poco a poco llegó la noche y le gustó. Salió del contenedor, y allá, hacia la ciudad, enrojecía un hermoso atardecer. Lo miró un instante y tuvo una buena sensación de bienestar y de paz. Pero eso fue apenas unos segundos. Enseguida observó los alrededores. No se desprendía del miedo a la persecución. Podían estar tras él. No había nadie en todo aquello. Al rato se quedó dormido.

Al día siguiente se levantó, se vistió con su ropa harapienta y todavía húmeda. Salió caminando sin rumbo, con el santo en la mano. No tenía prisas, se entretuvo mirando calmadamente a los obreros que entraban y salían de las fábricas, a las mujeres, unos estibadores descargando cajas de pescado congelado. Se acercaba a todos con su santo en la mano. Nadie le dio un centavo. Algunos le decían socarronamente: «Ponte a pinchar y no te hagas el bobo.» Uno de los negros estibadores se le acercó y le tocó los músculos del brazo:

—Estás flaco pero fuerte. Dale que aquí están buscando estibadores. Deja el santico.

Él se alejó y no contestó. El negrón siguió jodiendo:

—¿Será bobo o se hace el comemierda? —le preguntó a uno de sus compañeros.

Rey continuó su rumbo: «Que trabaje el coño de su madre. No voy a trabajar más nunca en mi vida», pensó.

Una hora después llegó a Regla. Se detuvo frente al embarcadero de la lanchita, y sin pensarlo, impulsivamente, pagó con una moneda y subió. Por primera vez navegaría. Le daba un poco de miedo. La embarcación se atestó. Rey pensó que iría directo hacia La Habana. Pero no. La lanchita salió hacia la desembocadura de la bahía, torció a la derecha y se detuvo en Casablanca. Rey bajó allí mismo. Bajaron unos pocos, subieron otros, y la lancha de nuevo partió, cruzó la bahía y desembarcó al otro lado, en La Habana. Rey la siguió con la vista. Le gustó navegar. Temía llegar a La Habana. Se había fugado del correccional hacía muchos días. Ya no lo estarían buscando, pero no se podía confiar. En Casablanca le dieron limosnas. Mucha gente aguardaba allí por el tren eléctrico de Hersey. En ese momento arribó la vieja locomotora con sus vagones rústicos. Hacía un viaje muy lento hasta Matanzas. Una mujer le decía a una niña: «Verás qué viaje más bonito, a campo traviesa.» El único campo que Rey conocía eran los naranjales del correccional, y no le gustaba. Para él aquello significaba sol, trabajo, hormigas bravas, espinas y arañazos, hambre todo el día. «¿Existirá otro tipo de campo? Lo dudo», pensó. Estuvo tentado de montar en el tren y viajar hasta Matanzas. No. Desechó la idea. Siguió caminando con su santo, cruzó unas pocas calles, pendiente arriba, se internó por un camino de tierra, con malezas, y de repente llegó a la inmensa estatua blanca del Cristo de Casablanca. «La gente hace muñecos y los pone por todas partes. ¿Cómo harían éste tan grande?», pensó.

No había nadie en los alrededores. Desde allí divisaba muy bien toda la bahía. Era una buena altura. Le gustó dominar todo, al menos de aquel modo. Estaba solo allí arriba y era el gran observador. Se sintió poderoso. Con la vista abarcaba todos los muelles, los buques, la gente minúscula moviéndose, los camiones, las pequeñas lanchitas de pescadores, muchos caminando por el Malecón, y más allá, la ciudad. La inmensa ciudad que se perdía de vista entre la bruma de la humedad y el resplandor de la luz solar cegadora. A la derecha, los edificios altos y ruinosos de su barrio. Centro Habana seguía igual de hermosa y ajada, esperando que la maquillaran. Inconscientemente su mirada buscó un edificio exacto, un punto ligeramente más adentro de tierra. A cien metros del Malecón. Allí estaba su azotea. Aún no se había derrumbado. El corazón le latió con más fuerza y casi se le sale del pecho. Todos los recuerdos le llegaron juntos: su madre estúpida; pero era su madre y la quiso a pesar de todo. Su hermano, que se arrebató y se lanzó a la calle sin pensar, su abuela que no resistió más, y él sin saber qué hacer de pie detrás del gallinero. Los ojos se le llenaron de lágrimas. «¡Qué horror! ¿Qué me está pasando? ¿Por qué me sucedió esto? Si los quiero olvidar y no puedo. ¡Me cago en Dios, cojones! Quiero olvidarme y no puedo. La azotea ahí y yo de vagabundo, que ni sé dónde meterme. ¿Qué sería de las palomas y los perros y las gallinas?» Las lágrimas le brotaron con fuerza y no pudo parar de llorar, como un niño. Allí se quedó horas, deprimido, sin fuerzas, pensando en su familia destruida de un golpe. Sentado, con el santo descabezado en la mano. Un torrente incontenible de lágrimas. Por primera vez en su vida se sintió desamparado, abandonado, solitario. Y le dio mucha rabia. Se le acabaron las lágrimas. Y se entró a golpes por la cabeza y la cara. Autoagresivo. No quiere recordar nada. No puede permitírselo. Y sigue golpeándose con saña. Agarra una piedra y se golpea aún más duro. Le duele mucho, pierde el control. La rabia por haber llorado, por haber recordado, le hace golpearse hasta sacarse sangre.

Termina exhausto, herido, cubierto de sangre, y muy adolorido. Todavía está lleno de odio y rencor, y piensa en su madre, que le daba palazos y le gritaba: «No llores, cojones, no llores. Los hombres no lloran», pero lo molía a palos. «Para la próxima le entro a cabezazos a una pared y me mato. Tengo que olvidarme de todo», piensa. ¿Por qué había caído tanta mierda encima de él? No podía comprender. Por primera vez pensaba en todo esto. No podía llorar y ablandarse como un niño. Él era un hombre y los hombres no se pueden aflojar. Los hombres tienen que ser duros o morirse.

Atardecía cuando al fin pudo levantarse, pero no tenía hambre ni sed. Y no bajó de la loma. Se quedó allí, a los pies de la estatua. Mirando cómo la ciudad encendía sus luces escasas. Era una hermosa ciudad. Alrededor de su azotea sólo había oscuridad. Ya no la veía. Al menos se le habían acabado las lágrimas. Lloró mucho recordando. Y no había nada que hacer. Nada. Sólo seguir viviendo, hasta que le tocara su turno.

Aquella noche durmió allí mismo. Durmió mal. Despertó muchas veces en la noche, y siempre miraba a la ciudad. Una y otra vez. La vista se le escapaba hasta aquel pedacito que fue su barrio. Al día siguiente bajó a la terminal de trenes, caminó un poco por el pueblo. Comió unas sobras que le regalaron en una cafetería. Tenía un aspecto desastroso: muy delgado por tanta hambre acumulada, con grandes ojeras, su pelo ensortijado de mulato creciendo vertiginosamente, golpeado, con moretones y rasguños, heridas en las mejillas, los labios, la frente. Sangre reseca por todas partes, más la suciedad y los harapos. Estaba hecho trizas. Parecía un cazador de gatas en celo. La gente lo miraba con una mezcla de asco y compasión, pero no le permitían acercarse.

Cuando anocheció subió de nuevo al Cristo. Pero ya no lloró. Con los ojos despejados, mirando hacia su casa, empezó a maquinar la idea de ir hasta allá y averiguar qué había sucedido. Cuando se lo llevaron de allí tenía trece años. Ya tenía dieciséis. Recordó que la vecina era buena gente, la madre de la jinetera, quizás ella podría ayudarlo.

Decidió cruzar la bahía y llegar a su casa. En tres años y pico había cambiado mucho. No sería fácil reconocerlo. Ni sus amigos del barrio. ¿Todavía criarán palomas? El tiempo de los pobres es diferente. No tienen dinero, y por tanto no tienen auto, ni pueden pasear y viajar, no tienen buenos equipos de música, ni piscina, no pueden ir los sábados al hipódromo, ni entrar a los casinos. El pobre en un país pobre sólo puede esperar a que el tiempo pase y le llegue su hora. Y en ese intermedio, desde que nace hasta que muere, lo mejor es tratar de no buscarse problemas. Pero a veces uno sí se busca problemas. Caen del cielo. Así, gratuitamente. Sin buscarlo.

De todos modos decidió cruzar. Pero una cosa es decidirse a cruzar la bahía y otra hacerlo realmente. Regresó a su viejo contenedor, donde se sentía seguro y bien protegido por la soledad.

Así estuvo varios días y noches. Por primera vez en su vida enfrentaba una indecisión. Hasta ahora siempre otros habían decidido por él. Una tarde se acercó al muelle. Puso las monedas en las manos del cobrador y pasó a la lancha. Otro tipo le hacía competencia: un negro viejo y flaco, con la cabeza rapada, cubierto de tatuajes, tocando incesantemente una pequeña tumbadora. Era un show continuo. El tipo no se detenía. Recogía las monedas en una gorra y unos turistas le tomaron fotos. Algunos se acercaban para ver mejor los cientos de tatuajes de su cuerpo. Se quitó la camisa y subió un poco los pantalones para que le vieran. Era un negro simpático. Sonreía y tocaba el tamborcito, hacía muecas, y volvía a sonreír. La gente lo miraba y se divertía, pero nadie le dio ni un centavo. En pocos minutos cruzaron la bahía y Rey se vio caminando por la Avenida del Puerto.

Eran las siete de la tarde, pero el sol aún estaba alto y fuerte. Caminó despacio, llegó frente al Hotel Deauville y descansó un rato sentado en el muro. Había poca gente. De noche el lugar se cubre de jineteras y chulos, travestis, mariguaneros, gente de provincias que no se enteran de nada. Pajeros, vendedoras de maní, jineteros con ron y tabaco falsificado y coca verdadera, puticas recién importadas desde las provincias, músicos callejeros con guitarras y maracas, vendedoras de flores, triciclos con sus taxi-drivers multioficio, policías, aspirantes a emigrantes. Y algunas mujeres infelices, algunas viejas, algunos niños, los más pobres entre los pobres, que se dedican a pedir monedas incesantemente. Cuando un turista incauto y melancólico aterriza en medio de esta fauna no agresiva, pero pícara y convincente, generalmente cae fascinado en esa trampa. Finalmente compra ron o tabaco mierdero, creyendo que es original y que él es un tipo hábil y con una buena estrella. A veces, meses después, se casa con una de aquellas espléndidas muchachas o forma pareja con un muchacho-pinguero. Después de esas proezas, el turista le asegura a sus amigos que ahora es feliz, que la vida en el trópico es maravillosa y que le gustaría invertir aquí su dinero y tener una casita junto al mar, con su negrita complaciente y atractiva, y abandonar el frío y la nieve y no ver más a las educadas, cuidadosas, calculadoras y silenciosas personas de su país. En fin, cae en trance hipnótico y sale de la realidad.

Ahora, en cambio, sólo había allí dos borrachitos, bebiendo profesionalmente bajo el sol. Él los miró y puso el santico por delante:

—Una ayuda para el santo.

—Mira, te voy a dar lo que tengo en el bolsillo. Total, ya me da lo mismo. Y ése es San Lázaro..., ¿no? Sí.

El borracho era un hombre de unos sesenta años, delgado en exceso, vestido con una guayabera raída y sucia, aunque conservaba cierto aire de persona decente y educada. Ahora estaba demasiado ebrio y no veía bien. Sacó unos billetes del bolsillo, unas monedas, un llavero sin llaves. Todo lo dejó caer en la cajita. Rey se quedó callado. Intentó irse rápido, antes de que el viejo borracho rescatara su dinero. Pero el otro borracho lo agarró por el brazo y no lo dejó irse. Era un tipo mugriento y vulgar:

40

–No, no. Espérate..., ¿adónde tú vas? ¿Con qué vamos a comprar la otra botella? ¿Le diste todo el dinero?

–Sí, pero es mi dinero. A ti no te importa eso.

–Está bien..., es verdad, es tu dinero...

–Yo no puedo beber más. Ya estoy completo.

–¿Cómo que no puedes? Eso no se dice nunca..., un hombre nunca dice eso.

–Bueno, sí puedo, pero tengo que hacer algo..., tú eres mi amigo..., tú eres mi amigo.

Y le dio un fuerte abrazo.

–¿Y ese abrazo? ¿Por qué tú me abrazas?

–Tú eres mi amigo..., hasta luego.

El viejo agarró a Rey por un brazo y salió caminando. El otro borracho se quedó sentado, mirando al vacío. El viejo se apoyó en el brazo de Rey y siguió hablando, arrastrando las palabras. Estaba muy curda y se balanceaba de un lado a otro, a punto siempre de caer al suelo. No cesaba de hablar:

–Tú estás joven. Yo no puedo más ya. Ayúdame...

–¿Adónde tú quieres ir?

–Te di todo mi dinero..., mira..., todos me dejaron..., todos. Mis hijas, los nietos, mi mujer, los maridos de mis hijas. Todo el mundo se fue..., y yo no puedo más...

Comenzó a sollozar y agarró fuertemente el brazo de Rey. Lo conducía por los portales de Galiano.

–Ahora perdí hasta el cuarto, estoy en la calle hace días..., bueno, lo vendí todo, poco a poco, para el ron y los cigarros. Hay que olvidar las penas..., pero no puedo olvidar a ninguno. Jamás me han llamado por teléfono, ni una carta. ¿Qué hice de malo? ¿Una copa de vez en cuando? ¿Por eso soy mal padre y me echan a un lado? ¿Por eso yo... mal padre? Me gusta el ron. ¿Qué voy a hacer?

–¿Pa'dónde se fueron? –preguntó Rey.

–Pa'fuera, chico. Pa'fuera. Pa'donde se va todo el mundo.

—¿Por qué no te fuiste con ellos?

—Nooo..., yo no tengo que irme. Yo nací en Cuba y me muero en Cuba.

Del bolsillo posterior extrajo una botella con bastante ron. Contuvo los sollozos y, con una sonrisa amarga, le dijo a Rey:

—Ésta es mi reserva especial, de mis bodegas privadas.

—¿De qué?

—Tú eres un ignorante y un inculto. Con las personas ignorantes no se puede hablar. ¿Tú sabes leer?

—Ahh, viejo, deja esa trova. Voy echando.

El viejo lo retuvo:

—No, no. No te puedes ir. Te di todo mi dinero..., espérate un momento..., no te puedes ir. Ayúdame a subir a mi edificio, a la azotea.

—¿Tú no dices que perdiste el cuarto?

—Sí, pero yo sigo por allí más o menos..., vamos a la azotea.

—¿Dónde es?

—En la otra esquina. Vamos, yo no puedo subir las escaleras.

Siguieron caminando. Entraron en un viejo edificio derruido. Alguna vez fue elegante y hermoso. Ahora tenía una fosa derramando mierda en el centro del vestíbulo, y una bella escalera de mármol blanco, arruinada y sucia, como todo. Había olor a mariguana. Rey olfateó y le gustó. Un negro y una negra muy jóvenes, en un rincón oscuro, fumaban y se besaban y se gozaban chupándose mutuamente. El viejo no hizo caso a nada. Rey miró y se excitó al instante. Uhmm. Comenzaron a subir. Rey empujaba al viejo por la espalda y lo sostenía. A duras penas ascendieron. Cinco pisos. El viejo comenzó a sollozar.

—¿Por qué estás llorando? ¿Tú vives aquí arriba?

—No, no, vamos a seguir hasta la azotea.

Salieron por una puertecita a la azotea del edificio. A Rey le gustó aquel fresco después de tanto ejercicio. Ya era de noche bien cerrada y había refrescado. Se entretuvo mirando los alrededores desde aquella altura. El viejo seguía sollozando. Agarró de nuevo la botella y se dio un trago largo. La extendió hacia Rey:

–Toma, quédate con esto y pídele a San Lázaro por mí.

Pasó una pierna sobre la baranda y se lanzó con la cabeza hacia abajo.

–¡Ay, mi madre! Pero...

Rey hizo un gesto para asomarse y mirar abajo, a la calle. Pero no. Sólo pensó en escapar. Temblando de miedo bajó las escaleras lo más rápido que pudo. El hambre y los trabajos le habían restado fuerzas. Cuando llegó abajo adoptó la expresión de tonto medio dormido que usaba para pedir limosnas. Allí estaba el viejo. Cayó de cabeza y su cráneo se hizo añicos. Quedó en una postura grotesca, como si no tuviera huesos y fuera de goma. Los vecinos y transeúntes miraban a cierta distancia. Aún no había policías. Rey se alejó Galiano arriba. Ya venían dos policías corriendo. Alguien los había llamado. Caminó muy poco y se sentó en un banco, en el parque de Galiano y San Rafael. Sacó el dinero del viejo y lo contó. Ochenta y tres pesos. Era rico. Jamás en su vida tuvo tanto. Cuando lo comprendió, recuperó el apetito. Bajó por el bulevar de San Rafael. Quería comer caliente. Una señora vendía cajas de cartón con arroz, frijoles, lomo ahumado y boniato frito. A veinte pesos.

En pocos minutos se tragó una caja y tres refrescos, sentado en la acera. Uf, tuvo un fuerte mareo, se recostó en la pared. Toda aquella comida de repente en su estómago. Al rato pudo seguir caminando bulevar abajo. Dobló por Águila y siguió caminando hasta el parque de la Fraternidad.

Estaba muy oscuro. Cuando sus ojos se adaptaron, descubrió que había gente sentada en todos los bancos. Maricones. Se besaban, cuchicheaban, chupaban, suspiraban, se quejaban. Un auto iluminó por unos segundos y vio a uno en cuatro patas sobre la hierba, clavado por el culo. Tenía sueño. Se acomodó en la tierra contra un árbol grueso y se durmió.

Al rato la lluvia lo despertó. Un chubasco con viento y truenos. Se empapó. No había nadie a su alrededor. Todos habían escapado al portal de enfrente. Medio adormilado aún se levantó y caminó hasta el portal. Se tiró en un rincón y se quedó dormido de nuevo.

Por la mañana estaba húmedo aún. Entonces se acordó del viejo borracho de la noche anterior. Quizás él un día tenía que tomar la misma decisión y se lanzaba cabeza abajo cuando ya no pudiera más. Se levantó del piso y regresó por Águila. En esa calle, entre Dragones y San Rafael, quedaban en pie varios edificios medio derruidos y abandonados. Eran buenos sitios para pasar la noche. Siguió por Águila abajo y volvió al Malecón, frente al Deauville. Descansó un rato, sentado en el muro, y al rato reinició su marcha. Un momento después llegó a la esquina de su casa. Se sentó de nuevo en el muro del Malecón y se dedicó a observar el ambiente.

Nada había cambiado. Todo sucio, derruido, la gente sentada en la acera, tomando fresco, charlando, bebiendo ron, escuchando música. Nadie trabaja. Se gana más con algún negocito. Es mejor que romperse el lomo por cuatro pesos al día. Rey cruzó la avenida y se sentó en el pequeño parque de la esquina, construido donde hace años se derrumbó un edificio. Pedía limosnas a todos los que pasaban. Nadie lo reconoció. Desde allí podía ver bien su casa y a la vecina. Se quedó un buen rato. Nada sucedió. Nadie se asomó por la baranda. Sin pensarlo dos veces dejó su puesto de observación y fue caminando pausadamente hasta la puerta del edificio. Subió los cuatro pisos, hasta la azotea, y tocó en la puerta. Le abrió la vieja vecina. La reconoció, pero se había puesto demasiado flaca. Ella, que siempre fue gorda y tetona. Era un saco de huesos. Cuando lo vio, le dijo:

—Ay..., ¿usted ha subido hasta aquí pidiendo limosnas? Espérese.

Entró. Regresó enseguida con unas monedas, las depositó en la cajita, y fue a cerrar la puerta. Rey la detuvo con un gesto:

—Fredesbinda, ¿usted no se acuerda de mí?

La mujer lo miró mejor, pero no se tomó mucho tiempo:

—No me acuerdo.

—Yo soy Reynaldo, el de aquí al lado.

—¡Ay, muchacho, por tu madre!..., entra, entra.

Y le abrió paso. La puerta daba a la azotea. Atravesaron entre cacharros viejos y oxidados, jaulas de pollos y otras porquerías acumuladas a lo largo de años. Llegaron al pequeño cuarto de tres por cuatro metros, idéntico al que en otros tiempos ellos ocuparon. Justo al lado de éste. Tuvo que contarle a Fredesbinda lo que le había sucedido en los últimos años. Lo resumió todo en dos minutos y eludió decirle que se había fugado.

—¿Y qué hicieron con mi madre y mi hermano y abuela?

—No sé, mi hijito. Se los llevaron para la morgue. No sé.

—¿El cuarto está cerrado?

—No. Enseguida vino una familia de orientales y ahí están. Son buena gente, la verdad. No molestan mucho.

—¿Y quién les dio ese cuarto?

—Ellos llegaron, entraron, y ahí están. Son siete. No sé cómo caben en ese cuartico.

A Rey le daba igual. Se quedó callado un rato. ¿Así que eso era todo? Estuvo a punto de marcharse. Pero se acordó de la mulatica jinetera, hija de Fredesbinda, y le preguntó:

—¿Y su hija?

—Mejor ni hablar de eso.

—¿Por qué?

—Uhmm..., está en Italia.

—¿Sí?

—Se casó con un italiano.

—Bueno, bastante jineteó aquí, ¿se acuerda? Ahora vive bien por lo menos.

—No hables así. Ella no jineteaba, pero era muy alegre. Siempre andaba de fiesta con los extranjeros..., era muy divertida.

—¿Le ha mandado dinero?

—Al principio sí. Dos veces. Pero hace más de un año que no sé nada.

—Ahhh..., pero... a lo mejor no le gusta escribir.

—No, Rey. Yo conozco a mi niñita. A ella le sucedió algo..., ay, yo no quiero ni pensarlo.

Y comenzó a sollozar.

—No piense lo malo, Fredesbinda.

—No lo pienso, pero estoy desesperada. Yo presiento algo que no es bueno. Esa niña me quiere mucho para estar un año sin llamar, sin escribir...

—Ella era inteligente.

—Yo sé lo que te digo —dijo Fredesbinda sorbiendo mocos y enjugando lágrimas.

—¿Y qué usted cree? ¿Que se murió?

—Muchacho, esas cosas no se hablan. Que Dios no lo

quiera... Dicen que a muchas las obligan a trabajar..., tú sabes..., de putas en cabarets..., ay, mi madre.

Rey se quedó en silencio. Estuvo a punto de irse. Fredesbinda tenía solo cincuenta y dos años, pero estaba demacrada, flaca y triste. De aquellas hermosas y grandes tetas que él tanto admiraba cuando se pajeaba en su azotea, sólo quedaban unos pellejos abundantes y flácidos cayendo hasta la cintura dentro de la blusa. Atormentada, miraba al suelo, olvidada de Rey. Entonces pareció acordarse de él:

—Estás hecho un desastre. Mucho peor que cuando vivías aquí.

Rey no contestó. Ya no tenía deseos de hablar más.

—Voy a calentar algo para que almuerces. Pero báñate primero para botar esos trapos churriosos. Ahí tengo una ropita limpia que te puede servir.

La vieja tenía un baño microscópico dentro de la habitación. Le alcanzó un cubo de agua fría, un jabón y un trapo. Él se restregó sin prisa. No le gustaba bañarse, pero de vez en cuando venía bien.

—Lávate bien la cabeza para que vayas a pelarte luego por la tarde.

Rey no contestó. Pensó: «¿Ella se creerá que voy a quedarme aquí?»

La vieja siguió:

—Porque... no tienes que irte enseguida. Te puedes quedar y mañana vamos a averiguar cómo tenemos que reclamar tu casita. Tú tienes derecho, pienso yo.

—No. No tengo interés en eso.

—Bueno, no te apures tanto. Te puedes quedar unos días.

«Ah, esta vieja quiere un rabaso por el culo, pero esto es una trampa, aquí no me puedo quedar muchos días», pensó.

En ese momento Fredesbinda corrió la mínima cortina plástica del baño y le extendió un pantalón, desteñido pero en buen estado. Al mismo tiempo su vista se corrió hasta el sexo de Rey:

—Tú ves, bañado y limpio es otra cosa. Toma, agua de colonia..., a ver, yo te la pongo.

De sentir a Fredesbinda mirándolo, Rey sintió que su tranca empezaba a hincharse. Cuando ella le frotó el pecho y el cuello con agua de colonia, la pinga se le puso tiesa como un palo. A la vieja le brillaron los ojos, su rostro se puso alegre y pareció retroceder en un instante de los cincuenta y dos a los veinte gloriosos años:

—¡Oh, qué pinga más linda!

La agarró con las dos manos, apretando. Le sobó los huevos. Era una espléndida y gruesa tranca de veintidós centímetros, de un color canela bien oscuro, con una pelambrera negra y brillante. Hacía mucho tiempo que no tenía sexo. Le había cogido el culo a unos cuantos maricones en el reformatorio. Pero no abundaban allí los maricones y se los disputaban a golpes, lo cual divertía mucho a las locas. Ver a los machitos fajados por ellas. Él se lió a golpes dos veces, pero después decidió que no merecía la pena. Entonces se masturbaba cada noche, pero nada como una buena mamada experta, seguida de un buen bollo húmedo y oloroso después, con sus respectivas tetas, una cara linda con el pelo largo, y además, el culo opcional, para variar un poco de hueco.

Fredesbinda era la reina de la mamada. Vivía orgullosa de su capacidad succionadora. Se la sacó un instante de la boca. Apenas el tiempo necesario para cerrar la puerta, desnudarse, lanzarlo a él sobre la cama y ella encima. A seguir chupando. Después se la introdujo ella misma, ansiosa. Tenía un chocho oscuro, pero igual de succionador, musculoso, potente. Rey se vino tres veces sin perder la erección, y ella pidiendo más. Al fin terminaron, sudando, agotados, y dormitaron un rato. El calor era insoportable y se levantaron abotargados. Comieron un poco de arroz y frijoles. Fredesbinda le dio dos pesos y fue a pelarse. Se sentía bien y había recuperado confianza en sí mismo. Echar un buen palo y dejar satisfecha a una mujer siempre es estimulante. Rey se sentía bien macho. Vigoroso como nunca.

Cuando regresó de la barbería parecía otro. Afeitado, bien pelado, con ropa limpia y unas chancletas de goma casi nuevas. A pesar de esto parecía tener más de dieciséis años. Podía pasar por veintidós y hasta veinticuatro. Tenía una expresión dura en el rostro. Y hambre, mucha hambre. Así pasó una semana. Ni él ni Fredesbinda trabajaban. Sólo encerrados, templando, comiendo y bebiendo ron. Las perlanas de Rey la tenían loca:

—Papi, ¿de dónde sacaste esas perlas en tu pinga? Yo nunca había visto eso. ¡Eres un loco, cabroncito!

Rey aprendió a usar las perlas frotándolas contra el clítoris de Fredesbinda. Y las perlas convirtieron definitivamente a Rey en El hombre de la Pinga de Oro.

Se acabó el dinero y la comida de la vieja. Templaban tres o cuatro veces al día y la vieja se demacró, le brotaron más arrugas, tenía el cuello cubierto de chupones violáceos. Ron, cigarros, sexo y música de la radio. Buena música de salsa. ¡Eso era la vida! ¡Eso es la vida! ¡Eso será la vida! ¿Qué más se puede pedir?

Fredesbinda imaginó algo y precavidamente no le dijo a nadie quién era aquel muchacho. Rey a veces salía por la noche a la azotea, miraba hacia lo que una vez fue su casa, y no sentía absolutamente nada. Ni nostalgia, ni recuerdos, nada. Él era un tipo duro. Cuando pensaba así le entraban deseos de boxear. De pegarle duro por la cara a un negro fuerte. Recibir unos cuantos pescozones, asimilar, y devolver, pegando más duro aún. Duro, más duro, hasta poder soltar un gancho al hígado y reventar al tipo contra la lona.

Esa noche estuvo un poco violento en la cama. Le sonó unos cuantos bofetones a Fredesbinda. Por nada. Sólo por motivarse. Le agarraba los pellejos de las tetas y se los retorcía. A ella le gustaba:

—Ay, sí, papi, dame golpes, que me duela..., apriétame las tetas..., ay..., toma, coge mi leche, cabrón, eres un salao...

Eso lo excitaba mucho más y terminaron extenuados. Durmieron como dos piedras. Al día siguiente no había ni café ni una peseta. Él bajó las escaleras con el estómago vacío. Ya había pensado que en el agromercado de Ánimas podía encontrar algo que hacer. Odiaba trabajar, pero no quería volver a registrar en la basura y comer cosas podridas cubiertas de gusanos.

Merodeó un poco por el mercado, preguntó y consiguió ayudar a estibar un camión de plátanos, después otro. Tuvo trabajo hasta el mediodía. Ganó veinte pesos. Se robó unos plátanos maduros, unos mangos casi podridos y un puñado de limones. Cuando llegó a casa de Fredesbinda con todo eso, ella se alegró:

—Ay, titi, ¡tú eres El Rey de La Habana!

—Jejejé —se sonrió muy orondo, orgulloso de su faena.

—¡El Rey de La Habana! —repetía Fredesbinda, atragantándose de plátanos y mangos.

Así pasaron los días. Él, muy disciplinado, se levantaba de noche aún y se iba a descargar camiones al mercado. Le gustaba aquel olor a frutas y vegetales maduros y podridos, los chistes brutos de los otros estibadores, los campesinos azorados que llegaban con los camiones, mancharse de tierra roja con las yucas y boniatos. Fue perfeccionando el robo. Ahora ponía un saco en algún rincón oscuro y lo llenaba poco a poco. Antes de que amaneciera agarraba el saco, salía por la puerta de atrás y se lo llevaba a Fredesbinda, que ya lo esperaba.

–¡Ahí viene El Rey de La Habana!

–Reynaldo na'más. Reynaldo na'más.

–No, papi, no. Tú eres El Rey de La Habana.

A veces el saco sólo contenía pepinos y ajos. Otras veces sólo melones y calabazas. De todos modos, Fredesbinda los vendía y hacían unos pesitos más. Rey cada día era más hábil. La fiesta le duró un par de semanas. Ahora estaba más fuerte, mejor alimentado, musculoso, y un poco más alegre. Le bombeaba su semen a Fredesbinda dos o tres veces al día. La vieja también había olvidado el posible drama de su hija en Italia. ¿Seducida y abandonada? ¿O seducida y explotada?

Todo lo que comienza termina. Una madrugada apareció un policía en la puerta del mercado, en el momento exacto en que Rey salía con su saco repleto de vegetales. Lo habían denunciado. El policía se le acercó a paso rápido y le instó:

–Ciudadano, deténgase y muestre su carnet de identidad.

Rey se aterró tanto que ni pensó lo que hacía. Lanzó el saco contra el policía. Lo derribó al suelo y salió corriendo en dirección opuesta. Corrió como un demonio, llegó a San Lázaro y siguió por el parque Maceo hasta el Malecón. Muy asustado, se sentó un rato a mirar si lo seguían. No. Nadie. Amanecía lentamente. A los pocos minutos ya andaban por allí los primeros pajeros del día. Cazaban a las mujeres que pasaban solas y apresuradas hacia sus trabajos. Les mostraban la pinga y se masturbaban. Siempre se colocaban junto a una columna o en el túnel bajo la avenida del Malecón. Sabían hacerlo. Eran expertos. Se calentaban hasta que pasaba alguna muy especial y delante de ella soltaban su semen. Se limpiaban y se iban caminando o en bicicleta.

Cuando el sol apretó un poco, Rey salió caminando. No sabía adónde. No podía volver al mercado. La capilla de La Milagrosa estaba abierta. En los escalones de entrada algunos pedían limosnas con los santicos en las manos. Rey se sentó allí a observar. «Creo que voy a buscarme un santico otra vez», pensó. La cola del camello estaba sabrosa. Los camellos pasaban con rapidez, cada diez minutos. En cada uno doscientas personas, sudando y rabiando unos encima de otros. Sexo, violencia y lenguaje de adultos. Pero la cola seguía igual. No disminuía. Una avalancha tras otra de gente. Él observaba a dos negritos carteristas que aprovechaban cuando el camello llegaba. Todos se precipitaban en tropel a subir, dándose codazos, empujando, apurados. Los negritos metían las manos en las bolsas, en los bolsillos, y la gente no los percibía. Hicieron zafra. Robaron por lo menos seis carteras y se perdieron de allí. Eran muy hábiles. A Rey le gustó aquello, y pensó: «Parece fácil, pero yo soy muy torpe para meterme a carterista. Es un vacilón porque no hay que romperse el lomo cargando sacos, pero...»

–¿Quieres maní?

Una voz dulce de mujer le interrumpió. Le puso delante un manojo de cucuruchos de maní. Él la miró y le gustó. Era bien morena, con una boca carnosa, un rostro bonito, pelo largo pintado de rubio con largas raíces negras. Alta, muy delgada. Tenía rostro de pasar hambre a pesar de la sonrisa. Y muy sucia. Era evidente que no le gustaba bañarse. Tenía una ropa vieja, desteñida, asquerosa, y mostraba el ombligo provocativamente, aunque manchado de tizne y hollín.

—No tengo dinero.

—Te doy uno. Y cuando puedas me lo pagas. A otro no, pero a ti sí.

—Dame.

Rey cogió el cucurucho y empezó a masticar maní. Ella se sentó a su lado. Atrás de ellos, en un panel de la iglesia, un gran cartel decía con letras rojas: «Y entrando en el templo, comenzó a echar fuera a todos los que vendían y compraban en él. San Lucas: 19-45.» Y más abajo, con letras negras: «Prohibido sentarse en las escaleras. Deje el paso libre.»

—¿Y por qué a mí sí y a otro no?

—Ah —le dijo ella sin sonreír, con un gesto duro.

—Ah de qué.

—Ay, deja eso. Me da la gana de dártelo.

Rey no contestó. Al frente, en el parque Maceo, dos tipos hacían volar unos cometas japoneses, grandes y hermosos, con bellos dibujos en colores.

—Mira qué lindo —le dijo él.

—Sí.

—¿Tú habías visto eso antes?

—Sí. A veces son diez o doce al mismo tiempo.

—Ah.

Ella vendió unos cucuruchos. Hicieron silencio largo rato. A Rey le gustaba, pero no sabía cómo entrarle. Los dos eran cortos de palabras. Ella vendía maní. Le hubiera gustado que todos dijeran: «Oh, ella cantaba boleros.» Pero no. Ella vendía maní. Lo miraba de soslayo, coquetamente, y se sonreían. Se gustaban y nada más. Tres o cuatro horas después terminó todo el maní. Era el mediodía. Ella tomó la iniciativa:

—¿Vamos o te quedas?

–Vamos.

Salieron caminando por Belascoaín.

–¿Quieres una pizza?

–No tengo dinero.

–No me lo digas más. Ya lo sé.

Ella compró dos pizzas. Un poco más arriba, en un bar, compró una botella de ron mataperros y una caja de cigarrillos. Cada uno bebió un buche. Rey hizo una mueca.

–¡Argh, caña de azúcar! ¿Cómo te llamas?

–Magdalena. Me dicen Magda. ¿Y tú?

–Rey. Me dicen El Rey de La Habana.

–Jajajá. Eso tienes que probarlo.

–No tengo que probar nada. Me dicen así.

Ella se reía, pero la mirada seguía dura, con sus grandes cejas oscuras y sus hermosos ojos negros. Parecía una gitana hermosa, delgada, tensa y vibrante como una caña.

–¿Qué edad tú tienes, nené?

–Veinte, ¿y tú?

–No, hombre, no. Tú tienes menos de veinte.

–Dieciséis.

–Ah, pero eres un niño.

Rey la miró muy serio, y le respondió:

–Sí, niño, pero con un pingón así...

Y señaló con las dos manos un buen pedazo.

–Oye, yo no te he dado confianza, deja la gracia.

–No es gracia, es la verdad.

Siguieron caminando en silencio. Se dieron otro buche de la botella. Rey comenzó a hablar de nuevo:

–¿Y tú?

–¿Y tú qué?

–¿Qué edad tú tienes?

–Ah, yo soy una vieja pa'ti.

–Tú debes tener como treinta y pico.

–Veintiocho.

Siguieron Belascoaín arriba. Bajaron por Reina, entraron por Factoría y se metieron en el barrio de Jesús María. Cuando llegaron a un edificio casi totalmente destruido, Magdalena le indicó:

–Ven por aquí.

Entraron en aquellas ruinas. Subieron la escalera, sin baranda. Alguna vez fue un hermoso edificio. Por algunos sitios quedaban restos de azulejos sevillanos, grandes planchas de mármol blanco enchapando los muros y trozos de hermosas barandas de hierro forjado. Ahora estaba arruinado por completo. Más de la mitad se había desplomado. En el pedazo que aún se sostenía en pie existían tres habitaciones. Cada una con una puerta y un candado. Una era de Magdalena. Dentro sólo había una colchoneta tirada en el piso. En un rincón una cazuela, un jarro, una cuchara, una lata con agua, una hornilla de carbón vegetal y tres cajas de cartón: una con alguna ropa muy vieja y raída; otra con unos cartuchos de arroz, frijoles, azúcar, y otra más con una bolsa de maní crudo y una provisión de papel blanco para confeccionar cucuruchos.

Magda bebía ron y fumaba cigarrillos. A veces un poco de mariguana. Y poca comida. No hablaron mucho. Casi nada. O nada. Ella cerró la puerta, abrió una ventanita para airear un poco el cuarto. Se miraron y se besaron. Sobraban las palabras.

A ninguno le molestaba la suciedad del otro. Ella tenía un chocho un poco agrio y el culo apestoso a mierda. Él tenía una nata blanca y fétida entre la cabeza del rabo y el pellejo que la rodeaba. Ambos olían a grajo en las axilas, a ratas muertas en los pies, y sudaban. Todo eso los excitaba.

Cuando ya no pudieron más estaban extenuados, deshidratados, y se hacía de noche. Ella y los otros vivían allí ilegalmente porque el edificio se podía derrumbar en cualquier momento. Por tanto, no tenía agua, gas ni electricidad. No tenían ni una vela. Se hizo de noche y siguieron tirados sobre el jergón, en la oscuridad, medio borrachos, medio embotados por tanto sexo desaforado.

—Rey, tengo el culo ardiendo. El culo y el bollo. Acabaste conmigo.

—Porque tú eres una vieja. Yo estoy entero.

—Ahh, ¿estás entero?..., espérate..., tú vas a demostrar ahora si eres El Rey de La Habana o El Culo de La Habana.

Buscó en el fondo de una caja. Tenía medio kilo de mariguana escondido entre aquellos trapos sucios. Preparó dos. Guardó de nuevo el paquete y dieron fuego a los cigarrillos. Absorbieron bien a fondo. A reventarse los pulmones. Ella empezó a calentarlo. Agarró la pinga muerta y se la metió en la boca. La hierba era buena. Hizo buen efecto. El animal se desenroscó cimbreante, buscando a quién morder. Empezaron de nuevo. Ya Rey no tenía leche. A pinga seca. Tres horas más. Se quedaron dormidos.

Al día siguiente despertaron tarde. Ella encendió la hornilla de carbón, tostó maní. Prepararon cien cucuruchos. Ya era mediodía cuando Magda salió a vender. Antes cagó en un pedazo de papel, hizo un envoltorio y lo lanzó a la azotea del edificio de al lado. Bajaron la escalera.

—¿Qué vas a hacer, Rey?

—Voy a recoger botellas plásticas en esa cafetería. Tienen la basura repleta de vasos y botellas.

—Las grandes se venden a dos pesos.

—Yo lo sé.

—Toma —le dio cinco pesos—, come algo porque te lo ganaste. Anoche me dejaste muerta.

–Jajajá... ¿Soy El Rey o no?

–Uhmmm.

–Adiós, te veo por la noche.

Rey recogió de la basura las botellas vacías de cola, los vasos. Intentó venderlos en una cervecera a granel. Los curdas no tenían vasos ni botellas, pero allí estaba Rey proveyendo. De todos modos, tenía un aspecto demasiado puerco y nadie le compró. Otros vagabundos un poco más limpios también vendían vasos y botellas recogidos por ahí, en las basuras de cafeterías de dólares. Había competencia en ese bisnecito.

Irritado, de mal humor, Rey regresó al edificio de Magda. Eran casi las nueve de la noche. Subió en la oscuridad, se acercó a la puerta y escuchó suspiros y quejidos. Era Magda, templando con otro. Se encabronó mucho. «Ah, esta puta se está burlando de mí», pensó. Tocó fuerte. Cesaron los suspiros. Silencio.

–¡Magdalena! ¡Abre!

Ella abrió e intentó atajarlo. Pero él entró como una tromba. Un hombre viejo, flaco, sucio, un poco andrajoso, intentaba ponerse los pantalones precipitadamente. Rey lo agarró por el cuello. Lo sopapeó un poco. El tipo era endeble.

–¡¿Qué es esto, chica?! ¡Tú lo que eres una puta!

Sacó al tipo del cuarto. El infeliz no abrió la boca y salió corriendo escaleras abajo. Magda le gritó:

–Mañana nos vemos, Robertico. ¡No te pierdas! ¡No le cojas miedo que éste no es peo que rompa calzoncillo!

Rey se enfureció más aún cuando escuchó aquello. Ella se le enfrentó:

–Oye, repinga, ¡¿quién cojones eres tú pa'hacerme esto?! ¡¿Tú te crees mi marido o qué?!

–¡Yo soy tu marido! ¡Yo soy tu marido, y tienes que respetarme!

—Tú lo que eres un comemierda y un muertodehambre que no tienes dónde caerte muerto.

—¿Y tú? ¿Tú eres millonaria o qué?

—¿Tú no sabes que esos viejos me pagan veinte o treinta pesos por cada palito? Y ni se les para la pinga.

—¿No se le para? Y te oí suspirando como una loca.

—Teatro, mi hijito. Teatro pa'calentarlo. A todos los viejos hay que hacerles mucho teatro. Además, me da igual si se les para o no. Si me la meten o la dejan afuera. Yo me he metido quinientas pingas desde que tenía ocho años hasta hoy, y antes de morirme me voy a meter quinientas más. ¡No te creas tan duro ni un cojón de tu madre!

—Tú lo que eres una singá.

Magda cambió el tono de repente y se puso melosa y seductora:

—Ya, papi, ya. No te pongas bravito.

—¡Bravito ni pinga!

—Ya, ya, mi niñito, ya. Mira lo que tengo aquí... —Sacó una botella de ron—. Si yo estaba esperándote, chinito. Es que ese viejo me cayó atrás y, te voy a decir la verdad, pon los pies en la tierra: cada vez que me pueda ganar veinte pesos con uno de estos viejos, me los gano. Les abro las patas y que den lengua y dedo...

—Bueno, ya está bien.

—Ah, tú ves, tú eres inteligente, pero a veces te haces el bruto. Ven, dame un besito.

Se desnudaron y se tiraron en el jergón. Pasaron las horas, con ron y buena hierba. Y las horas y los días y las semanas. Rey se acostumbró a los viejos vagabundos que pagaban unos pesos por lamer aquel chocho agrio y apestoso, masturbarla con los dedos, intentar metérsela. A veces él salía de la habitación y se sentaba en la escalera. Le gustaba escucharla a ella con su teatro de suspiros y quejidos. A veces bramaba un poco, resoplaba, gritaba y les chillaba a los viejos: «Coge mi leche, méteme el dedo, mételo todo. Tú sí sabes..., ay, viejo maricón, salao, tú sí sabes, coge más leche.» Rey creía que era demasiado para ser teatro solamente. Y se ponía celoso como un perro. Le entraban deseos de ir adentro, agarrarlos a los dos por el pescuezo y reventarles la cabeza contra la pared.

Un día se la encontró frente a La Milagrosa, sonsacando a un conductor del camello. Era un negrón prieto y fuerte. Rey fue prudente. Esperó a que el camello se fuera para acercarse:

—Ése no era viejo, cacho de puta.

—Ah, ¿ahora vas a velarme?

—Ése no era un viejo.

—Pero es un negrón lindísimo y sato. Y yo le gusto.

—¿Entonces qué? ¿Te gustan los negros?

—Y los mulatos como tú, papi.

—¿Los blancos no?

—No. ¿Blancos? No. Desde niña me acostumbré a los negros con sus pingones bien prietos, grandes y gordos..., como tú, papi, tú tienes una pinga lindísima. Verdad que eres El Rey de La Habana.

—Yo no soy negro, no confundas.

—Pero eres un mulato riquísimo y me gustas mucho, y eres tremendo loco.

—Oye, ya que se me está parando.

—Ay, sí, qué rico..., vamos pa'l Malecón. Hace tiempo que no singo en el Malecón, arriba del muro.

Cruzaron el parque Maceo. Se sentaron sobre el muro. Ella se recostó a una columna y abrió las piernas. Tenía una falda amplia que le llegaba a los tobillos. Rey se acomodó de frente, sacó su animal, que se endureció apenas olfateó el bollo apestoso y ácido de Magda, y allí mismo copularon frenéticamente, mordiéndose por el cuello. Por supuesto, automáticamente aparecieron los voyeurs consuetudinarios del parque Maceo. Desenvainaron y a pajearse como locos disfrutando el frenesí ajeno. A Magda le gustaba eso. Con el rabillo del ojo miraba alguna de aquellas pingas erectas y desaforadas que los rodeaban. Era una descraneá loca, desde niña, desde siempre. Loca a los pajeros, a vacilarlos con sus caras frescas a veces y asustados en otras ocasiones, escurridizos, alejados, siempre moviéndosela.

En ningún momento ella soltó el manojo de cucuruchos de maní. Se vinieron muchas veces, como siempre. Ella quedó medio dormida, extenuada, pero siguió pregonando sin cesar: «Maní, lleva tu maní, manicito pa'l niño, vamo a vel..., maní.» Los pajeros también concluyeron, se sacudieron bien y se alejaron sin dar el frente, caminando de lado, como los cangrejos. Ninguno compró maní.

Dieron fuego a unos cigarrillos mientras reposaban un instante:

—Oye, Rey, volviendo al tema...

—¿A qué tema?

—Al de los negros.

—Ahh.

—Yo tengo un hijo de cinco años..., con un negro... Ivancito..., salió prieto como un totí, igual que su padre, de mí no sacó nada.

—¿Y dónde está?

—En el campo, con una de mis hermanas.

—¿Y eso?

—Ellos dicen que estoy loca y que el niño se iba a morir de hambre. Y qué sé yo. Vinieron y se lo llevaron.

—¿Hace tiempo?

—Sí. Hace más de un año que no lo veo. Allá está mejor.

—¿Y tú estás loca de verdad?

—Sí, de la cintura pa'bajo. Loca por meterme todas las

pingas que me gustan. Si tú eres El Rey de La Habana, yo soy La Reina, papito, La Reina de La Habana.

El bisnecito de las botellas y los vasos plásticos era una mierda. Rey estuvo días deambulando por ahí, sin saber qué hacer. Magda lo mantenía. Ron, mariguana, cigarros, mucho sexo, algunos pesos a diario. Rey estaba flaco, con el esqueleto cubierto sólo de pellejo, igual que Magda. A ella le gustaba mantenerlo.

–Me gusta, papi. Me gusta ser tu puta y darte dinero... Ay, si yo pudiera jinetear y buscar fulas y tenerte como un rey de verdad. Hasta una cadena de oro te iba a comprar.

–Ah, no sueñes más.

–¿Por qué?

–Porque tú estás muy cochina y muy flaca y muy estropajá por todos esos viejos churriosos.

–Oye, oye, vete a ofender al coño de tu madre.

–¡Oye, mi madre está muerta!

–¡Ay, perdona!

–Sí, muerta de la risa cagándose en el coño de la tuya.

–Jajajá.

Magdalena a veces se perdía una noche completa. Siempre regresaba a su cubil, pero eso desquiciaba a Rey. En esas ocasiones pasaba la noche en blanco: sin dinero, sin comida, sin ron ni mariguana. Nada. No podía ni entrar al cuarto y se dormía en un escalón de la escalera, con las cucarachas y los guayabitos pasándole por encima. El viejo pantalón que Fredesbinda le regaló estaba roto y cochambroso. Se le salían los huevos y el rabo por un rajón de la tela en la entrepierna. Una noche, tirado en el escalón, esperanzado en que Magda llegara de madrugada, se quedó dormido como una piedra. En sueños sintió que una mano delicada lo masturbaba. Él tenía una gran erección y alguien lo masturbaba a través del hueco en la entrepierna del pantalón. No, no eran sueños. Se estaba despertando. Abrió un poco los ojos y vio que era realidad. Nada de sueños, aunque la vida es sueño. Despertó totalmente, se restregó los ojos. A pesar de la oscuridad reconoció a un maricón que vivía en el cuarto de al lado, masturbándolo y sonriendo. Hizo un gesto brusco para apartar al tipo, que, delicado, se retiró pidiendo disculpas:

—Perdona, pero no resistí la tentación. La tenías tiesa, esperando una caricia...

—¡Qué caricia ni qué cojones, chico!

Rey se incorporó de un salto. Como un tigre. Flaco pero tigre. Le dio unos cuantos pescozones al maricón, que ahora gritaba pidiendo auxilio:

—¡Ay, ya, ya, abusador, no me des más! ¿Por qué no le das a un hombre como tú?

Rey lo agarró por el pescuezo y lo iba a lanzar escaleras abajo, cuando vio que estaba disfrazado de mujer. Tenía una cara lindísima y una peluca rubia. Y se contuvo. Se miraron de frente. Era preciosa. Una mujer limpia, con su cutis delicado, perfumada. Con una falda corta. Se quedaron en silencio mirándose. El travesti masajeando sus golpes:

—¡Ay, coño de tu madre, acabaste conmigo!

—¡Yo soy hombre, cojones! ¿Quién te mandó a pajearme ni un carajo?

—Ay, niño, no es para tanto..., estaba ahí esperándome, erecta en el medio de la escalera. La carne es débil.

—Pero yo soy hombre, no me jodas.

—Ay, sí, todos somos hombres..., por desgracia..., qué aburrido.

—Por desgracia ni tarro. A mí me gusta ser hombre.

–Ah, no te hagas, no te hagas, que aquí el que no canta La Bayamesa la tararea. Ven conmigo...

–¿Pa'dónde?

–Ven conmigo y no preguntes. ¿Qué tú haces ahí abandonado? Esa puta te tiene tirado a mierda. Ven para acá.

Receloso, dudando de aquel maricón tan recontramaricón, Rey le obedeció y fue tras él. Era preferible antes de seguir en la escalera. Y lo más probable era que Magda no regresara.

Cuando Rey entró al cuarto se quedó asombrado. ¡Allí dentro había de todo! Desde luz eléctrica hasta televisor, refrigerador, cortinas de encajes, una cama amplia con muñecos de peluche encima, una coqueta cubierta de frascos de cremas y perfumes. Todo limpio, inmaculado, sin una mota de polvo, las paredes pintadas de blanco, adornadas con grandes pósters en colores de bellísimas mujeres desnudas. En un rincón un altar presidido por un crucifijo y la triada inevitable en Cuba: San Lázaro, la Virgen de la Caridad del Cobre y Santa Bárbara. Y flores, muchas flores. Muñequitos plásticos y de vidrio por todas partes. Pequeños budas, elefantes, chinas, bailarinas de mambo, indios de yeso. Todo mezclado. El kitsch elevado a su máxima expresión.

El maricón encendió una varilla de incienso. Agarró unos manojos de albahaca y de otras hierbas, fue hasta un rincón donde tenía un pequeño canastillero. Tocó la madera, besó los guerreros, despojó con las hierbas, roció todo con perfume y con un buche de aguardiente, hizo sonar una campanilla. Y regresó a atender a su invitado.

Rey lo miró bien, ahora en la luz. Le había golpeado duro. Tenía un par de moretones en las mejillas. Y era lindo. ¿O linda? Era precioso, en realidad. Parecía una mujer bellísima, pero al mismo tiempo parecía un hombre bellísimo. Rey nunca había visto algo parecido. Al menos de cerca, con tanto detalle. Estaba sentado con sus andrajos en la única butaca que había en la habitación. No sabía qué decir.

—¿Estás fascinado?

—Eh.

—Que si estás fascinado... ¿por mí?

—¿Qué es fascinado?

—No, nada..., ¿quieres comer algo?

—Sí.

—¿Por qué no te bañas primero?

—¿Bañarme? Aquí no hay agua. ¿De dónde tú sacas la corriente y todo eso?

—Hay, niño, no averigües..., acabas de conocerme y ya estás averiguando todo..., para controlarme..., niño, tú como marido debes ser terrible.

—Oye, oye, ¿qué volá contigo? ¿Qué marido de qué?

—Yo me llamo Sandra. Apréndetelo. San-dra. San-dra. No me digas «oye». No me gustan las vulgaridades. Y tampoco me gusta que me traten mal. Yo soy así, como una princesa.

—Ah, pues a mí me dicen El Rey de La Habana.

—Eso tienes que demostrarlo. Ése es un título nobiliario de alcurnia..., tienes que demostrarlo.

—Eso mismo dice Magda.

—Ay, niñoooo, no menciones más a esa mujer, pelandruja, churriosa, puta, muertadehambre, chismosa y bretera. Mira cómo te tiene..., hecho tierra. Y tú aguantando. Total por gusto, porque en definitiva...

—¿En definitiva qué?

—En definitiva, ¿qué tiene ella que no tenga yo?... A ver, dime. Yo por lo menos me baño todos los días y cuando tengo un hombre lo cuido como si fuera un príncipe. Y no le falta nada. Nada. Yo sí cuido a mis hombres.

Sandra aprovechó para erguirse y remarcar sus pequeños pechos. Estaba orgullosa de ellos. Eran pequeños pero originales. Nada de silicona. Los había logrado con Medrone, una pastilla anticonceptiva y reguladora de la menstruación, a base de hormonas femeninas.

Rey observó los pechos de Sandra y pensó que eran hermosos, pero se guardó la lengua. Sandra percibió la mirada de Rey:

–Ya ves que no me falta nada. Na-da. Y al menos soy más divertida que esa mujer. Debía llamarse Angustia.

–Oye, no hables más de Magda. Déjala tranquila.

–Y todavía la defiendes, tontico lindo. Vamos para que te bañes y te quites esa ropa para botarla. Ay, niño, se puede ser pobre pero no indigente.

Rey no contestó. Le dolió lo de «indigente», pero enseguida pensó que no era más que un indigente desde que nació. «Esta Sandra es una serpiente venenosa. Los maricones del reformatorio eran niños de teta al lado de ella», pensó.

En un rincón de la habitación había un desagüe en el piso. Alguna vez existió un lavabo. Todavía permanecía la marca. Se bañó. Sandra le alcanzó una toalla y le regaló un pantalón corto y una camiseta. Después preparó una tortilla con pan y un refresco frío. Sandra se quedó mirándolo con desfachatez:

–Ni pienses que te vas a acostar en mi cama, porque debes estar comido de piojos y ladillas.

–Oye, ¡¿qué repinga piojos de qué?!

–Ya, ya. Te dije que odio las vulgaridades..., ay, no encuentro un hombre fino, elegante, caballeroso, que me regale flores. No. Todos son iguales de groseros, sucios, malhablados.

—Deja la mariconá esa...

—Bueno, bien. Duermes en el piso, y mañana te voy a revisar la cabeza y todo lo demás porque tampoco quiero un ladilloso aquí.

Rey se quedó en silencio. Le convenía no protestar. Sandra le alcanzó un cojín y durmió en el piso. Tranquilamente. Por la mañana, cuando despertó, Sandra tenía el café listo. Abrió una ventana y entró la luz, deslumbrante. Había cambiado. Ahora vestía con un short ajustado, que dejaba ver un pedacito de las nalgas. Hacia arriba, un topecito mínimo, de algodón, ocultaba sus pechos. Era un mulato muy claro, con un suave color canela y una hermosa piel. Delgado, un culito compacto, insinuante, el pelo corto y negro, un bello perfil con labios carnosos, piernas y brazos largos y delgados. Todo era flexibilidad y delicadeza, con una atmósfera de suavidad femenina seductora. En cuanto él abrió los ojos le alcanzó el café:

—No debí hacerte eso..., pobrecito.

—¿Hacerme qué?

—Dormir en el piso.

—Ahh. Estoy acostumbrado.

—Tómate el café.

Sandra se asomó a la ventana, fumando delicadamente, admirando la belleza derruida del barrio de Jesús María: los edificios de sólo dos o tres plantas, muy antiguos y arruinados. Los patios enormes, con grandes árboles: ceibas, mangos, mamoncillos. El leve ruido del barrio, sin tráfico alguno. La luz intensa de la mañana. El calor y la humedad agobiantes desde temprano. La sensualidad de los olores. Sandra fue hasta la radio y puso música. Se sentía bien:

—Ohhh, lo perfecto: tener un hombre en casa. ¿A qué te dedicas, Reynaldito?

—A nada.

—¿Magda te mantiene?

—No.

—Pero te da dinero, si no te mueres de hambre, por lo que veo.

—Ah, sí.

—Ven acá. Acércate a la ventana, que hay más luz.

Sandra le agarró la cabeza. Le colocó la frente entre sus pequeños pechos y comenzó a buscar piojos. Rey protestó débilmente:

—Yo no tengo piojos.

—Eso voy a verlo, y después te voy a registrar las ladillas.

—Oye, oye, eh...

Rey sintió la presión de aquellos pechos. Y le gustó. Sandra olía diferente. Tenía una suave fragancia a limpieza. Magda siempre olía a suciedad. Tuvo una erección, que se mantuvo imperturbable. A los pocos minutos, Sandra lo separó de sí:

—No tienes piojos, ¡qué extraño! Ahora vamos a las ladillas, porque..., ¡ay, niño, qué susto, qué es eso! Siempre la tienes parada y tiesa y después te ofendes si uno te mira..., ay, no entiendo a los hombres. Nunca los entenderé.

Rey intentó esconder su pinga tiesa, aprisionándola entre las piernas, pero ya era tarde. Sandra lo había descubierto, con gran alharaca, como hacía todo.

—Ya, ya, déjame tranquilo.

—No te voy a dejar tranquilo, porque yo estoy muy limpia y me cuido mucho. Y no puede ser. Nada de ladillas.

Le bajó el short. Aquel animal erecto y potente se puso aún más duro. Sandra intentó buscar ladillas entre el vello púbico, pero no soportó la tentación:

—¡Ay, Rey, no puedo aguantarme!

Y se la introdujo en la boca. Rey fue a rechazarla, pero ya se sabe lo intensamente débil y pecadora que es la carne.

Y le dejó hacer. Sandra, arrodillada ante él, se quitó el topecito y mostró sus pechos preciosos, perfectos, firmes. Rey tocó los pezones, que se erizaron. Sandra dejó por un instante lo que hacía. Subió hasta él. Lo besó. Oh, sí. Era una cabroncita. ¡Qué boca, qué beso, con lengua y todo! Sandra volvió a su quehacer abajo, a la vez que se quitaba el short y quedaba desnuda. Ya Rey estaba sulfatado. Sandra se viró de espaldas. Tenía un bellísimo culo, anhelante. Ella misma dirigió la operación. Y fue penetrada y gozada. Rey terminó, pero ella quería más. Era golosa, y no le dio tiempo a desfallecer. De nuevo comenzó a besarlo y a masturbarlo. Rey siguió erecto. Ella buscó un paño húmedo. Le limpió un poco el animal y se lo introdujo en la boca.

—No te apures, papito, no te apures. Gózame.

Pero Rey tampoco pudo resistir mucho. En pocos minutos tuvo su orgasmo. Repitieron por tercera vez. A Rey le gustaba realmente. Lo disfrutaba. Sandra era una experta moviéndose, provocando. En la tercera vuelta Rey se fijó que ella también tenía un buen animal erecto entre las piernas. Casi tan grande como el de él. ¡Pero él era un hombre y no le gustaba aquello! Y desvió la vista. Sandra se masturbó levemente. Y terminaron juntos, suspirando, besándose. Rey no se dio por enterado del orgasmo de Sandra. Hizo como si nada. Se vistió para irse.

—Ay, niño, ¿y ese apuro? ¿Adónde tú vas? Ya soltaste la leche y te vas, como los animales, ay, los hombres, todos son iguales..., por eso me gustan tanto..., jajajá.

Rey se sonrió del chiste. Era divertido este maricón... Sandra... era divertida.

—Mira, Rey, no sé por qué, pero... quiero ayudarte. Yo soy así, me cogiste de buena.

Sacó de un escondite cinco cajas de cigarrillos de primera calidad:

—Toma. Esto se vende a siete pesos cada una. En fulas

son más caras. No me tienes que dar nada. Y no te pierdas, papito, que tú eres capaz de eso y de mucho más.

—¿Tú estás aquí por la noche?

—No, mi amor, por la noche estoy trabajando. Si no trabajo me muero de hambre. A mí no me mantiene nadie..., ay, si apareciera un millonario en mi vida, como en las novelitas. Un tipo canoso, alto, elegante, con un castillo en el corazón de Europa, y me convirtiera en Lady Di-Sandra. Con yates y joyas y champagne. Y el millonario arrebatado por mí. Y yo arrebatada por el millonario, dando la vuelta al mundo..., ahhh...

—Ah, te volviste loca.

—Siempre he sido loca. Loca arrebatá. Desde que nací.

—Sí, ya veo. Me voy.

—Ven de día, soy tuya. Al menos hasta que aparezca el millonario soy tuya. Pero siempre de día, porque de noche soy un ave, una mariposa nocturna, una flor marchita, una mercenaria del amor...

—¿Qué estás hablando, qué es eso?

—Nada, nada, Reycito, Rey mío, Recontrarrey, Rey loco, pinga grande, me has dejado..., ay, si me vuelves a templar así, me enamoro para siempre de ti, para siempre, loco...

—Ya, ya. No seas empalagoso.

—Empalagosa.

—Empalagosa.

Se besaron en la boca. A Rey le gustó. No le gustó. Le gustó. Se fue con sus cigarrillos.


Rey salió caminando sin prisa por Reina, Carlos Tercero, Zapata. Cuando llegó a la puerta del cementerio de Colón aún le quedaban dos cajetillas. Se detuvo un rato.

Entraron varios entierros. Con pocos dolientes. La gente cada día va menos a los mortuorios. Es normal, la vida es más interesante que la muerte. Bastante jodío es todo para agregar aún más lágrimas. Rey jamás había entrado a un cementerio. Ni se imaginaba cómo era la cuestión adentro. Ofreció a todos sus cajas de cigarrillos. Las vendió. Ya se iba cuando se le acercó un viejo feísimo, pequeño y un poco retorcido, como si tuviera el espinazo hecho trizas. Con una cara furibunda, le gritó:

—Oye, muchacho, ¿te quedan cigarros?

—No. Se acabaron.

—Ah, carajo.

—¿Usted trabaja aquí?

—Sí.

—Puedo ir a buscarlos y se los traigo.

—Ve a La Pelota. Yo voy a estar trabajando allá..., donde veas el bulto de gente del entierro, ahí mismo estoy.

Unos minutos después Rey regresaba con los cigarrillos. El viejo y otro bajaban un ataúd al fondo de una sepultura. El viejo parecía más amargado aún. Cinco personas observaban la operación. Sin lágrimas. En cuanto la caja llegó al fondo la gente se fue. Tenían prisa. Uno puso un billete en la mano del viejo, le dio las gracias y se apresuró para alcanzar a los demás. Ya otro muerto esperaba cerca, en la estrecha calle, a unos cincuenta metros. También venía acompañado por otros cuatro o cinco dolientes. Los sepultureros operaban rápida y hábilmente. Metían tres ataúdes en cada sepultura, colocaban una pesada tapa de cemento. Abrían la bóveda siguiente. Tres muertos al hueco. Colocar tapa. Abrir la otra. Otros tres pa'bajo. Así todo el día. A veces, entre un entierro y otro disponían de diez o quince minutos. Y eran sólo dos. Rey observó todo aquello después de entregar los cigarros y cobrar, incluida una pequeña propina.

–¿Quieres trabajar aquí? –le preguntó el viejo.

–No, no.

–¿Por qué no?

No contestó. Sólo hizo un gesto de «me da igual».

–¿Quieres o no quieres?

–Bueno... ¿Cuánto se gana?

–El cuadre es conmigo. Según las propinas que me den. Te puedo dar diez o veinte pesos al día.

–Está bien.

–Ponte aquella gorra y dale, que siguen llegando. Al mediodía aguantan un poco. Por la tarde vuelven a empezar, hasta las seis más o menos.

Rey pasó todo el día bajando muertos a los huecos. En un receso al mediodía comieron un bocadillo y fumaron un cigarro. Ninguno de los tres habló. Todos en lo suyo. A Rey se le ocurrió decir:

–Debían quemarlos. Total. Tantos muertos... Yo los quemaría.

–En otros países incineran al que lo pida –le dijo el viejo.

–¿Sí? ¿Usted sabe de esto?

–Veintinueve años aquí. De lunes a domingo. Sin descansar un día.

–¡Cojones! ¿Ni un día de descanso?

–Nada.

–Bueno, a usted le gustarán los muertos... Se siente bien.

–No, no. Me siento mal. Yo fui feliz el día que me casé. A los dos días mi mujer se fue. Y ya. Nunca en mi vida he tenido otro día feliz.

El otro tipo ni levantó la mirada del suelo. Al rato siguieron enterrando muertos. A las seis se acabaron los muertos.

–Ya se pueden ir.

—Pero hay que sellar las tapas con cemento y arena. Y son muchas —dijo Rey.

—Yo me ocupo de eso. Fuera. Mañana aquí, a las ocho —dijo el viejo, extendiendo un billete de veinte pesos a cada uno.

Salieron juntos. Ambos tenían la misma idea:

—Te invito a un trago de ron.

—Vamos a La Pelota.

A esa hora otros pelandrujos merodeaban por allí. Después llegaron dos mujercitas igual de sucias, feas, alcohólicas, andrajosas. Aceptaron unos tragos. Bebieron juntos. Las mujercitas eran alegres y bebían duro. En dos horas los cuatro estaban borrachos. No demasiado, sólo con una buena nota. Ya habían calentado tocándose. Y se fueron a templar. Por atrás del cementerio hay una calle muy oscura y unas pocas casitas y árboles. El tipo agarró a una de las mujercitas, la recostó contra un árbol y se la templó. Ella reía y él resoplaba. Rey hizo lo mismo. Nada especial. En realidad fue una mierda. A Rey ni se le paró bien. Terminaron. Cada mujercita recibió unos pesos y se fueron riéndose. Aún quedaba un poco de ron en la botella. Bebieron un poco más, sentados en la tierra, recostados al árbol, en la oscuridad. El tipo fue el de la idea:

—Oye, vamos a saltar la cerca para buscar al viejo.

—Es casi medianoche. Ese viejo amargao debe estar durmiendo.

—Yo creo...

—¿Qué tú crees?

—Llevo una semana de ayudante..., ese viejo está en algo y me está eliminando. Él tiene algún bisnecito.

—¿Qué bisnecito va a tener en el cementerio? ¿Qué va a hacer? ¿Vender muertos?

—No, no. Yo sé lo que digo. Todas las tardes es lo mismo. Se queda él solo y no quiere que lo ayude a sellar las bóvedas.

Saltaron la cerca. Caminaron un buen trecho entre las tumbas y se acercaron a la zona de los muertos frescos. Allí estaba el viejo todavía. Alumbrándose con un farol. Era una luz pequeña. Se acercaron con cuidado y se pusieron a observar. El viejo abría los ataúdes. Despojaba de la ropa a los muertos. Les registraba la boca. Si tenían oro en los colmillos se los arrancaba con una pinza. A su lado tenía un saco donde guardaba ropa, zapatos. A algunos los enterraban con traje y corbata. Rey observó detenidamente a aquellos muertos pálidos. Y el viejo desnudándolos uno por uno. Sin prisa. Después de un rato allí, el tipo se levantó de repente y partió hacia el viejo, increpándolo.

—Oye, viejo salao, ¿y yo qué? Me tienes fuera del negocio.

El viejo quedó sorprendido y sin saber qué hacer. Entre las penumbras desnudaba a uno de aquellos lívidos cadáveres. Enseguida reaccionó. Tenía una pala en la mano.

—Ven, ven.

Avanzó hacia el otro, con la pala en alto y aquella expresión de hijoputa furibundo. Rey no quería ver más muertes. Allá ellos. Fue a retirarse, pero, medio curda aún, algo le retuvo en su escondite. Quería ver.

El viejo le asestó un buen palazo por la cabeza al otro. Y lo lanzó al suelo. No perdió tiempo. Lo golpeó más, con el canto de la pala. Siempre por la cabeza. Hasta destrozarle el cráneo. Era un viejo retorcido y pequeño, pero fuerte. Una pulpa de sangre y masa encefálica se derramó en el piso. El viejo agarró el cadáver. Hizo un esfuerzo y lo cargó como un saco, sobre sus hombros. Lo tiró en la sepultura abierta. Hasta el fondo. Con sus grandes manazas recogió la masa pulposa y la tiró también al fondo del hueco. Con el pie borró las manchas de sangre que quedaron en la tierra. Hizo lo mismo con la pala. Listo. Aquí no pasó nada. Siguió en su tarea con aquel cadáver, que tranquilamente seguía esperando a que lo despojaran del pantalón y los zapatos y los calcetines.

Con mucho cuidado Rey se alejó sin hacer ruido, pensando que ese viejo era de cuidado. «Ése sí es un tipo duro..., uhmmm..., durísimo el viejo.»

Regresó lentamente. No tenía prisa. Le gustaba caminar de madrugada, vagabundear sin rumbo. Era mejor olvidarse del cementerio. Además, había que pinchar demasiado por veinte pesos. Llegó muy temprano al edificio. Subió las escaleras. Tocó en la puerta de Magda. Ella le abrió somnolienta.

—Eh, al fin apareciste.

—Eso mismo digo yo.

Magda se tiró de nuevo en el jergón. Y él a su lado. Se durmieron al instante. Cuando despertaron ya eran más de las doce. Como siempre, despertó con una erección fenomenal. Magda estiró la mano. Palpó aún medio dormida. Lo apretó. Él le puso la mano en el sexo. Y sin abrir los ojos se acariciaron. Él se le acercó. Ésa era Magda. Con olor a mugre, igual que él. Lamió su cuello. Olió sus axilas grajientas. Eso lo excitaba mucho. Subió sobre ella, la penetró, y se sintió muy bien. Realmente bien. ¿Sería amor? Ni se acordó de la borrachita de la noche anterior. Ni de Sandra. Se templaron a profundidad, es decir, sintiendo lo que hacían. Después del primer orgasmo siguieron, se pusieron un poco más frenéticos. Oh, qué bien.

—¿Tú me quieres, titi?

—Sí, papito, cómo me gustas..., qué bien me siento contigo.

Los dos cuerpos unidos se comunicaban susurros, con pequeñas frases de amor. Se acariciaban, se deseaban con cada pedacito de sus sentidos. Después, cuando enfriaban su sensualidad, les apenaba sentir tanto amor. La sutileza del amor es un lujo. Disfrutarlo es un exceso impropio de los estoicos.

Se levantaron del jergón a las tres de la tarde. Magda le ofreció ron. Quedaba un poco en una botella.

—No. Tengo hambre.

—Ni comida, ni café, ni cigarros. No hay nada. Ron nada más.

—Eres un desastre.

—Tú eres más desastre que yo, Rey. Si yo no busco los pesos, nos morimos de hambre.

—Bueno, dale, muévete. Busca algo.

—Espérate, chino, tengo un dinerito aquí.

—¿De los viejos?

—De lo que sea, nené. No empieces con la misma jodienda. Te he dicho cincuenta veces que los viejos dan más dinero que el maní. Vamos pa'la calle, a buscar algo de comer.

—No, me quedo. Tráelo tú. Y no te demores.

—Eres el más güevón del mundo. El Rey de La Habana no. ¡El Güevón de La Habana!

Magda salió. Rey se tiró en el jergón de nuevo. Y se durmió. Cuando despertó no había nada. Ni Magda ni comida. Fue a la caja de los trapos. Quedaba un poco de mariguana. Oscurecía. Buena hora para prepararse un cigarrito y tocarse sabroso. Pero no encontró un pedacito de papel en el cuarto. Nada. Fue al cuarto de Sandra. Ella se alegró cuando lo vio:

—¡¿Apareciste de nuevo?! Menos mal. Yo creía que habías mordido la manzana de la bruja de Blancanieves.

—¿Qué tú hablas, chico? ¿Quién es Blancanieves? Nunca te entiendo.

—Por ignorante que eres. No se puede hablar contigo.

Bueno, es la tosquedad tuya. Eres un tosco y un bruto. Lo tuyo es meter la tranca, soltar leche y ni hablar..., niño... ¿Cuándo dejarás de ser tan brutal?

—Nunca. Los machos somos así. Y no hablamos tanta mierda como tú. En boca cerrada no entran moscas.

—Tú no tienes arreglo..., padeces de machismo brutal agudo, y te vas a morir con esa enfermedad.

En eso llegó Yamilé. Una jinetera preciosa, de dieciocho años, con un largo vestido negro y unas plataformas blancas de diez centímetros de altura. Parecía una modelo delicada, elegante, encantadora. Pero en cuanto abría la boca soltaba una cloaca pestilente. Y no se medía. En cualquier sitio. Llegó aturdida, loquita como siempre.

—¿Qué repinga pasa aquí? ¿No quedamos que a las ocho estabas lista, cacho de puta?

—Ay, Yamilé, deja esa guapería. Mira, te voy a presentar a un amigo.

Yamilé lo miró despectivamente. De lejos se veía que era un muertodehambre. Y le hizo un mohín a modo de saludo:

—Uhmmm.

—Niña, saluda bien, no seas maleducada. Mira que te enseño, pero no aprendes a comportarte en sociedad... Ése es mi marido.

—¿El churrioso este? Cuando yo te digo que tú vas pa'trás como el cangrejo.

Rey la miró nada más. No contestó. Sandra comenzó a tararear «El Pichi» y fue a bañarse a un rincón del cuarto.

—Rey, hice tamal en cazuela. Sírvete tú mismo, mi santo, porque yo tengo que apurarme o me dejan fuera las putas.

—Ah, ¿pero tú estás ahora en el cocinaíto para el maridito? Ay, pobrecita... Sandra, te veo preñada, con cuatro hijos y metida en la casa, limpiando y lavando mierda, y este gorila aplastándote, jajajá.

—Ay, Yamilé, qué más quisiera yo. Si Dios fuera mejor conmigo y me dejara parirle a mi marido..., ay..., qué lindo..., yo de madre, de ama de casa, con alguien que me represente.

—La vida es así, Sandra. Dios le da barba al que no tiene quijá. Yo tengo un anticonceptivo amarrado allá dentro desde los trece años. Así y todo me han preñado tres veces. Y esos tres abortos han sido... peor que parir.

—Ay, Yamilé, yo tú, ya hubiera parido..., un hijo siempre...

—Ah, deja eso, Sandra, ¿parir pa'qué? ¿Aquí? ¿A pasar trabajo y hambre los dos? No, conmigo pasando hambre ya basta y sobra. Si algún día paro, tiene que ser de un hombre muy especial, y fuera de Cuba.

Rey ni oía aquella cháchara. Se sirvió dos platos de tamal. Se los atragantó. Si acaso la Yamilé se antojaba de comer, ya era tarde. Ah, barriga llena, corazón contento. Sandra, en blúmers y con las teticas al aire, comenzó a maquillarse. Primero se rasuró bien la cara, las axilas, las piernas. Cremas suavizadoras, bases, polvos, pintura de labios, peluca rubia, sombra en los ojos, pestañas postizas, uñas postizas. Le llevó más de una hora. Aquel mulato hermoso, andrógino, bello, fue mutando lentamente en una mulata especialmente atractiva, con un fuerte magnetismo sexual. Rey se limitó a mirar, sin hablar. Le gustaba. Cogió un cigarro Popular que le dio Yamilé, lo abrió, botó el tabaco, puso la hierba, lo enrolló y le dio fuego. Cuando Yamilé olfateó, le dijo:

—Está fuerte. Tú no pierdes tiempo.

Rey le ofreció para que fumara, pero lo rechazó.

—Eso es para jugar por el día. Lo de nosotras de noche es al duro.

Sacó un sobrecito de coca. Calentó un plato, la preparó, hizo cuatro rayas. Sacó un billete nuevo de diez dólares, conformó un tubito. Aspiró una raya por cada fosa nasal. Sandra hizo lo mismo con la de ella y..., ohh, maravilla..., en dos minutos se transformaron en las vedettes más alegres de La Habana. La euforia. Riéndose a carcajadas interpretaron una breve coreografía para Rey, con griticos lujuriosos y cancán, a lo Moulin Rouge, para terminar presentándose ellas mismas:

—Con ustedes, ladies and gentlemen..., directamente desde el Caribe, de La Habana... ¡Las chicas de la pimienta!

»¡Pimienta pura y molida!

»¡Pimienta caliente, llena de sol!

»¡Las pepper girls!

Yamilé inició un *striptease* muy insinuante, pero apenas se levantó la falda y bajó un poquito las bragas hasta mostrar los vellos. Sandra retornó a terminar su maquillaje. Rey se descocó: «Una mujer es una mujer. Como quiera que sea. A ésta sí se le puede dar pinga veinticuatro horas sin parar», pensó, y tuvo una erección genial. Se la masajeó un poco. La hierba hizo lo suyo. Todos estaban sabrosos. Se sacó su gran mandarria y comenzó a masturbarse ante Yamilé.

—¡Sandra, mira a este salvaje lo que está haciendo, jajajá! ¡Tremendo pingón! Tú los escoges, Sandrita, nunca tienes a un pichicorto, jajajá.

—Yamilé, deja la putería con mi marido, que él no es un tipo de relajo.

Rey se paró delante de Yamilé masturbándose. Sabía que aquella tranca era hipnótica. Estaba con los ojos chinitos, ido, descocado.

—Deja verte completa, chinita. Deja verte completa.

—No, no. Ya se acabó. Tú estás muy cochino.

–Sí, pero con tremendo pingón.

–Ay, si eso fuera todo... Donde quiera hay una como ésa y más grandes también..., además, a mí no me gustan así porque me dan inflamación pélvica. Allá tú con Sandra.

Sandra ya había terminado sus retoques y se divertía:

–Yamilé, mira que tú eres mala. Para eso lo provocaste, pobrecito... Ven, papi, ven, toma. Coge lo tuyo.

Y se le puso de nalgas. Rey se enfureció con aquella burla. Agarró a Sandra y le dio unos bofetones en pleno rostro:

–Dame el culo, cojones, que estoy volao.

Sandra bajó el short y las bragas rápidamente y casi llorando:

–Ay, abusador, brutal..., siempre es lo mismo, haces de mí lo que quieres... Ay, salao, así no, que me duele. En seco no. Échale saliva, ay, papi, échale más saliva..., así, no la botes en el piso, dale que la tenías en la puntica..., para eso estoy yo aquí, titi.

Yamilé miraba, riéndose, desde la ventana. Cuando terminaron, ella también estaba descocada, húmeda, se le salía la babita ante aquel espectáculo, y le dijo a Rey:

–Si te bañas te doy el bollo. Así, cochino, ni te me acerques.

Entonces saltó Sandra:

–¡Puedes creer que no! ¡Esa pinga es mía! Y no la comparto. Rey, ya. Se acabó. Vámonos, Yamilé, que yo estoy lista.

Rey había quedado satisfecho. Y no insistió. Sandra llevaba un short negro ajustado y mínimo, con una blusa blanca bordada. Todo de satén brillante. Zapatos de cuero natural y plataforma alta. Peluca platinada, con resplandores dorados, y la boca carnosa, deliciosa, resaltando con pintura negra plateada. Era toda una madame del amor.

Yamilé, mucho más sencilla, con un vestido negro largo. Una jovencita decente y encantadora, morena, con su pelo largo y suelto hasta los hombros, sin joyas, con poco maquillaje, muy natural, deliciosa. Parecía una inocente jovencita de preuniversitario buscando un novio decente, para casarse vestida de blanco en una iglesia católica de barrio. Sandra le puso tres dólares a Rey en la mano y le dijo al oído:

–Cada día me gustas más. Me parece que mañana te voy a proponer un negocio. No te pierdas. Yo soy hija de Ochún y conmigo vas a adelantar mucho.

Y se fueron. Rey quedó sentado en la escalera tranquilamente, con los tres dólares en la mano.


Cuando Magda llegó, él se había dormido en la escalera. Era de madrugada. Ella venía con una pizza en la mano. Lo despertó. Casi ni hablaron. Se comió la pizza. Se tiraron en la colchoneta y durmieron profundamente. Al parecer, Magda también había tenido sus tropelías, y estaba tan agotada como Rey.

Así pasaron varios días. Magda vendiendo el maní. A veces se perdía por ahí con sus viejos lujuriosos y reaparecía a poco. Sandra hizo mutis también. Rey pasaba los días sin hacer nada. Sentado en la esquina. Esperando por si caía algo. Por supuesto, nada caía. Se sentía incómodo. Le gustaba moverse. Cayó solito en la telaraña tejida entre Sandra y Magda. Pensó dar una vuelta por atrás del puerto. Quedarse en su contenedor. Cambiar de ambiente. Cuando calculaba todo esto, un auto parqueó frente a él. El chofer le dijo que le daba diez pesos si lo fregaba bien. Era una bola de tierra. Rey lo pulió en media hora y lo dejó resplandeciente. Se quedó por allí con su lata de agua y su trapo, ofreciendo sus servicios. Perdió dos días en eso. Nadie quería pagar para que le pulieran el auto. La gente se ahorraba el dinero y lo hacían ellos mismos.

Magda y él cada día templaban mejor. Con más cariño, tal vez, o más amor. Se gustaban. Amor y lujuria sobre el jergón. Indiferencia y distancia cuando estaban vestidos. Ambos se cuidaban. Nada de entregarse demasiado. A veces se trataban despectivamente, pero cada uno sabía que sólo era de dientes para fuera.

Una mañana Rey salió caminando hacia su antiguo barrio, en San Lázaro. ¿Qué pasaría con Fredesbinda? Hacía tiempo que se había perdido de allí. Todo seguía igual. Fredesbinda le abrió la puerta. Tenía cara de angustia:

–Ah, Rey, pensé que te habías muerto. Te fuiste sin decir ni adiós.

Rey atravesó la azotea hasta la habitación de Frede y ni se acordó de que su infancia transcurrió en la azotea de al lado. Ni miró hacia allí. Lo había borrado. En el cuarto estaba la hija de Fredesbinda. Aquella jineterita tan linda, con la que se pajeaban él y su hermano. Estaba inmaculada, bellísima, bien vestida en medio de aquella mugre y la peste perenne a mierda de pollo. Usaba unas gafas oscuras y escuchaba música. Cuando él llegó no volteó la cara para mirarle.

–Tatiana, saluda a este muchacho. Es Reynaldito, de aquí al lado. ¿No te acuerdas?

La muchacha extendió una mano al aire y esperó que se la estrecharan. Con una sonrisa suave, Rey le estrechó la mano:

–Buenos días.

–Tatiana, ¿no te acuerdas de él? Del accidente aquel día..., la policía se lo llevó y... ¿No te acuerdas?

–Sí, cómo no.

Tatiana seguía mirando al vacío. Rey comprendió que

algo sucedía. Le preguntó con un gesto a Fredesbinda, quien le indicó que Tatiana no veía. Salieron de nuevo a la azotea para hablar sin que la muchacha escuchara. A Fredesbinda se le salían las lágrimas:

—Ay, Rey, por tu madre. Esto es un castigo de Dios.

—¿Qué le pasó?

—Regresó ciega. Con los ojos vacíos.

Fredesbinda se ahogó en llanto.

—Cálmate un poquito, Frede. ¿Cómo fue eso?

—Ay, la tienen que pagar..., les voy a echar con un palero... aunque me cueste la vida, han desgraciao a mi hija.

—Frede, cálmate porque no entiendo qué pasó.

—Ay, Rey, por tu madre...

Y más llanto y más lágrimas y suspiros ahogados, intentando que Tatiana no la oyera. Rey se quedó en silencio. Iba a irse pa'l carajo. Si no quería decir lo que había pasado, se iba. Hizo un gesto para marcharse. Fredesbinda lo agarró por un brazo:

—No te vayas, Rey... Ay, Rey, deja desahogarme. Yo ni sé qué hacer.

Rey se cruzó de brazos a esperar. Después de más llanto y más lágrimas, Fredesbinda se controló algo:

—Le hicieron firmar un papel y le sacaron los ojos.

—¿Vendió los ojos?

—No. El papel decía que ella los donaba a la hija de ese hombre. El papel estaba en otro idioma y ella ni sabía lo que firmaba..., ay, qué desgraciao. Y parecía una persona decente, qué educado y qué fino.

—¿Dónde está el papel? Ve a la policía.

—Ella lo tiene ahí, pero no se entiende nada. Está en otro idioma.

—Pero... yo la veo muy tranquila.

—Llegó medio loca. La montaron en un avión y me la devolvieron. Ay, Rey, ese tipo tiene que pagar..., era un tipo de dinero, ¿para qué hizo eso? Me ha dejado ciega a mi niñita. La engañó.

—Tómate una pastilla, Frede, porque estás nerviosa.

—Conseguí unos Diazepán, pero se los doy a ella porque está medio loca. Yo ni duermo, Rey. Desde que empezó en eso..., a salir de noche con los extranjeros, le dije que tuviera cuidado, pero nunca me hizo caso... Ay, la juventud, Dios mío.

Fredesbinda lloraba desesperadamente. Se tranquilizaba un minuto y volvía de nuevo. Rey fue en silencio hasta Tatiana. Y la miró bien. Estaba igual que antes. Bellísima. Si él tuviera dinero y una casa, se juntaba con ella y hasta se casaba con papeles. Si pudiera coger al hijoputa que le hizo eso, le sacaba los ojos a punta de cuchillo. Regresó a Fredesbinda:

—Es verdad, Frede, la gente con dinero es más hijoputa que nosotros.

Fredesbinda asintió con la cabeza. Rey no se despidió. Fue hasta la puerta. La dejó abierta para no hacer ruido y bajó las escaleras despacio.

Salió caminando hasta el Malecón. Unas pipas de cerveza a granel. Estaban preparando para el carnaval. Compró un poco de cerveza barata. Sabía a vinagre. Bebió. Compró más. Bebió. Cogió media nota. Al atardecer empezó a llegar más gente. Se acabó el dinero. Quería seguir bebiendo. Alrededor de una pipa se formó un gran bulto de gente para comprar cerveza. No alcanzaba para todos. Nada alcanzaba. Querían cerveza de todos modos. Se metió entre ellos. Estaban sudados y olían fuerte. Casi todos eran negros, musculosos, con peste a sudor, agresivos, se apretaban unos a otros, lanzaban su energía violentamente, disparaban su grajo, sus pañuelos rojos, sus collares de santería. Rey, metido en aquella algarabía, apretujado. Lo pisoteaban. Lo comprimían. Igual que en un toque de tambor. Hay fuerza y carácter. Músculos y sudor y calor. Un olor acre. Los negros luchando por un jarro de cerveza pésima, barata, avinagrada. Junto a la pipa, en un mostrador cercano, sacaron a la venta una bandeja con alas de pollo fritas. Sólo alas. Más de cien negras se precipitaron a comprar aquello. Y cuatro o cinco blancas pelandrujas. Al duro. Los hombres en el lague. Las mujeres con las alas de pollo. Las mujeres, claro, gritaban más que los hombres. Una negra gorda y fuerte agarró a otra por los pelos, y le gritaba:

—¡Tú no vas ahí! ¡Quítate!

La otra insistió en quedarse. La negra gorda se puso más violenta. Con la mano izquierda la sostuvo por la nuca y con la derecha le dio un piñazo durísimo en la boca. Le partió los labios y los dientes. Sangre. Nadie se apartó. Todas querían comprar alas de pollo fritas. Como fuera.

En medio de la reyerta, Rey puso una botella plástica en la mano del dependiente. La llenaron, se la devolvieron, le dijeron diez pesos. Él no tenía un centavo.

—¡Ya te pagué! —le gritó al tipo, y se escabulló hacia atrás. El tipo le gritó algo, pero los negros eran una masa compacta. No pudo recular. Se agachó un poco y salió de medio lado, aprisa.

Al fin se vio libre de aquella prisión humana, dura y olorosa a sudor, se apresuró y se alejó enseguida. Ya era de noche. Tomó su cerveza sorbo a sorbo. Ya no sabía a vinagre. Es así. El ser humano se acostumbra a todo. Si todos los días le dan una cucharada de mierda, primero hace arqueadas, después él mismo pide ansiosamente su cucharada de mierda y hace trampas para comer dos cucharadas y no una sola. A lo lejos bailaban unas comparsas. El Alacrán. Las tumbadoras resonando, las trompetas chinas. Todos riéndose muy divertidos. *Panem et circenses*, decían los romanos. Y si se moja con alcohol, mejor aún. Rey estuvo a punto de salir bailando hacia las comparsas y las luces de colores, pero también había policías y barreras de hierro y carros patrulla. Se fue acercando, pero pensó que sin dinero y sin tarjeta de identidad, más el arrastre. No. Aquél no era su lugar. Bebió lo que quedaba de cerveza y se metió por una calle hacia Jesús María.

Cuando llegó al barrio, todo estaba oscuro y silencioso. La gente estaría en el carnaval. Siguió caminando hasta la estación de ferrocarril. Le gustaba merodear por allí. Era zona de gente de campo. Llegaban con sus bultos y en ocasiones se descuidaban. Ahora no había policías a la vista. Estarían patrullando el carnaval. La zona tenía pocas luces. Podía esperar a que llegara un tren. Se sentó en un banco del parquecito junto a la estación. Todavía tenía media nota. Dormitó un rato, velando con frecuencia por si aparecía un tren. Se fue quedando dormido poco a poco. El sueño lo venció.

Despertó con unos pitazos. Un tren entraba a los andenes. Se despejó y se puso alerta. Dio un paseíto por el parque. No había policías. Y los guajiros empezaron a brotar por las puertas de la estación. Todos venían cargados y azorados. Nadie puede venir a La Habana sin traer cajas de alimentos. Arroz, frijoles, viandas, carne de puerco. Esto era fácil. Ya lo había hecho otras veces. Se metió entre la manada de guajiros, a escoger a su víctima. La encontró enseguida. Una mujer sola, con tres niños y seis cajas de cartón pesadas. No podía con aquello y se le veía nerviosa y desesperada. Los niños lloraban de sueño y cansancio. Casi veinte horas desde Santiago, en un tren de cuarta categoría, con asientos duros. La mujer no podía controlar todo aquello. Rey se le acercó, gentil:

—Señora, la ayudo. Tengo una carretilla allá afuera y le sale barato. Hasta los niños van en la carretilla.

—Sí, sí, gracias. Voy hasta Cuba y Amistad.

—Ah, eso es cerquita. Cinco pesos na'má.

—Está bien.

—Déme dos cajas..., a ver..., no, no. Usted no puede. Mire, espéreme aquí con los niños y yo voy llevando las cajas de dos en dos. Mi socio está cuidando la carretilla, no hay lío.

—Ah, gracias, menos mal, porque yo no sabía qué hacer.

Rey agarró las dos cajas más grandes y pesadas. Casi no podía con ellas. Y todavía les hizo un chiste a los niños:

—Ustedes tres también van en la carretilla. A pasear por La Habana.

Salió hacia la calle con las dos cajas... y adiós Lolita de mi vida, si te vi no me acuerdo.


En pocos minutos llegó al edificio de Magda, extenuado con aquellas cajas tan pesadas. Subió las escaleras corriendo. Tocó. Magda abrió la puerta casi dormida.

—Oye, despiértate, que traigo comida.

—Coño, Rey, no jodas..., estoy dormida...

—¡Muchacha, despiértate! ¡Vamos a ver qué hay aquí!

—¿De dónde sacaste eso?

—Olvídate de dónde lo saqué.

Rey estaba eufórico. Abrió las cajas. Una contenía arroz. La otra frijoles negros.

—¡Uhhh! Magda, aquí hay jama pa'dos meses.

—Si la cocinas tú, porque si vas a esperar por mí...

Se acostaron. Rey intentó. Magda lo rechazó.

—Oye, ¿qué te pasa?

–Tengo sueño. Déjame dormir, repinga. Siempre estás con la pinga tiesa y yo estoy muerta de cansancio.

–Sí, de templar con esos viejos puercos.

–Ahh, ya, ya.

–No, ya ya no. Ya ya no. Mira cómo estoy de volao. ¿Qué tú quieres, que me haga una paja?

–Sí, hazte una paja, métete el dedo por el culo, haz lo que tú quieras.

Magda se durmió. Rey se desveló. Al fin tuvo que botarse una paja él solito. Puso la mano izquierda sobre las nalgas de Magda, y eso fue suficiente para descranearse un poco. Magda dormida boca abajo ni se enteró. Enseguida Rey tuvo su orgasmo y entonces pudo controlarse y dormir.

Cuando despertó al día siguiente, Magda se había marchado. La puerta estaba abierta. «¿Qué le pasará a esta loca? Está en alguna volá extraña y no quiere que yo lo sepa», pensó. Se quedó un rato remoloneando en la colchoneta, con la tripa pegada al espinazo, como siempre. Ésos eran sus entretenimientos favoritos: nada que hacer, remolonear, dar vueltas y más vueltas, dejar que el tiempo pase, y tener hambre. «La única propiedad del pobre es el hambre», decía su abuela cuando aún hablaba. Desde pequeño le enseñaron a no darle importancia a esa propiedad. Hacer como si no existiera. «Olvídate del hambre porque no hay nada que comer», le gritaba su madre siempre, todos los días, a cualquier hora. Entonces se acordó y se dijo a sí mismo:

–¡¿Coño, Rey, de qué te quejas?!

De un salto se puso en pie y fue a casa de Sandra. Tenía la puerta abierta, la radio con música, y ella fregando los pisos, muy ama de casa:

–¡Eh, machito lindo! Espérate, no entres que estoy puliendo el piso con kerosene y puedes resbalar. Quédate ahí mismo.

A los pocos minutos el piso se había secado.

—Rey, entra por la orillita, papi. No me ensucies el piso, chinito, y siéntate en la cama. ¿Quieres café?

—Sí.

Sandra le dio el café y siguió trajinando. Quitando polvo, limpiando los muñequitos y los adornos, lavando unas braguitas y un vestido rosado. La mitad de la habitación estaba apuntalada con unos gruesos palos. Por allí el techo y la pared estaban rajados de muerte y se filtraba la lluvia. Tenía muy mal aspecto. Sandra disimulaba aquella zona con plásticos y cortinas, una lamparita roja colocada sobre una extraña mesa de tres patas, que en realidad era una lata de galletas cubierta con un paño. En fin, toda una escenografía de casita de juguete para esconder los escombros y dejar visible sólo la belleza kitsch.

—Sandra, ¿no tienes hambre?

—Voy a cocinar un almuercito, papi. Para mí y para ti solitos. Tú verás qué bien..., toma...

Le dio veinte pesos. Rey trajo cerveza. Cuando regresó ya Sandra cocinaba arroz con pollo.

—Pon la cerveza en el frío.

—Verdad que tú vives bien, Sandrita. Tú sabes vivir.

—Yo sí.

—Anoche conseguí un poco de arroz y frijoles negros. Espérate, te voy a traer un poco...

—No, no. Déjale eso a la bruja. Tú aquí no tienes que traer nada, papi. Nada. Yo te mantengo, mi amor..., ehh... ¿Por qué no te bañas?

—No, deja eso. No estoy sucio.

—Rey, chinito, hay que bañarse todos los días, y afeitarse, y usar desodorante y ropa limpia. No seas puerco. Vas a coger sarna y me la vas a pegar a mí.

—Ah, estás igual que los guardias de...

—¿Los guardias de qué? Termina.

—De nada.

—Mira, niño, cuando tú ibas con la harina, yo venía de regreso con el pan. Esa paloma que tienes en el brazo, y esa perlana tan gozadora en la punta de la pinga..., eso es de presidiario. Tú estuviste en la cárcel o estás fugado.

—No te mandes a correr, Sandra. No te hagas el adivino y déjame tranquilo.

—No me hago la adivina, chino. Tú para mí eres un libro abierto. No me tienes que contestar, pero te voy a decir una cosa: tú estuviste en el tanque. ¿Cómo saliste? No sé. Pero ¿tú ves todo lo maricón que yo soy? Yo soy loca de carroza, pero en mí puedes confiar veinte veces más que en esa puta churriosa que jamás se baña, te tiene hecho tierra y comiendo en su mano, y por veinte pesos lo mismo le bota una paja a un policía en la esquina que te chivatea y te echa pa'lante.

—Chico, ¿por qué Magda te cae tan mal?

—Por nada, y no me digas chico, dime chica. Chi-ca. Chi-ca.

Le puso el cubo de agua a Rey en el rincón que hacía las veces de baño. Y ella misma le lavó la espalda, los pies, la cabeza, los huevos, lo frotó bien. Le paró la pinga frotándola con la toalla. Y terminaron en la cama. Se deseaban. Lo hicieron en todas las posiciones imaginables. Sandra era una experta, aunque jamás había leído el Kama Sutra. Rey evitó que Sandra le tocara las nalgas y él no tocó ni miró, al menos no directamente, el falo erecto de Sandra.

—Yo soy hombre. No me toques las nalgas —le dijo.

Sandra estaba acostumbrada a eso. Se puso más femenina aún y lo sacó de las casillas. Terminaron deslechados, felices, bebieron un poco de cerveza. Se recuperaron. De nuevo se bañaron para refrescarse de tanto sudor y semen. Sandra roció la habitación con alcohol y agua de colonia, encendió varillas de incienso. Se vistió vaporosa y provocativamente con unas braguitas de encaje y una blusa transparente y mínima. Todo en blanco. En las braguitas tan delicadas resaltaba la bola formada por sus huevos y su gran tolete. Aquello originaba una sensualidad brutal. Rey lo miró y se excitó muchísimo con aquel contraste tan atractivo, pero al instante comprendió que tenía que dominarse, y rechazó la idea: «Yo soy un hombre, cojones», pensó.

Y almorzaron el arroz con pollo y la cerveza. Delicioso todo. Sandra hizo café y le trajo a Rey un Lancero espléndido:

–Toma, papi. Aprende a fumar tabaco. Me gusta el hombre que fume puros, los cigarrillos no tienen bouquet.

–¿No tienen qué?

–Nada, nada. Déjame encenderlo y disfrútalo delante de mí.

Fumaron. Sandra sus cigarrillos mentolados con boquilla dorada. Rey su buen tabacón. Quedaron en silencio un rato, complacidos. Pero Rey tenía en su cabeza aquella descarga contra Magda:

–Al fin no me contestaste.

–¿Qué no te contesté, mi amor?

–Lo de Magda. ¿Por qué te cae tan mal?

–Por nada.

–Dime.

–Por nada.

–¿Qué te hizo?

–Nada.

–Dime.

–Ay, papi, déjame. No te voy a decir nada.

–Sí me lo vas a decir.

En un repentino exabrupto, Sandra se puso de pie, se agarró su masacote de pinga y huevos con las manos, por encima de las braguitas de encajes blancos. Se los remeneó como un macho y le dijo:

–Por esto, mira, por esto. Si yo pudiera, me los cortaba. ¡No quiero ser hombre! Lo que más quiero en la vida es ser mujer. Una mujer normal. Con todo. Con una vagina húmeda y olorosa y dos pechos grandes y hermosos y un buen culón, y tener un marido que me quiera y me cuide, y me preñe, y parirle tres o cuatro hijos. Quisiera ser una mulata linda, hacendosa, ama de casa. Pero mira lo que tengo: este pingón y estos huevos. Y esa puta cochina de Magda se desperdicia. Si no fuera por esta tranca, yo sería una mujer como ella. Sería limpia y sería madre... ¡Ay, qué horror, Yemayá y Ochún, cómo la envidio! Quítenla de mi camino.

Sandra se puso un poco histérica y empezó a temblar. Con pequeños ronquidos, como bufando, con los ojos cerrados. Rey quedó azorado. Sandra abrió los ojos. Los tenía en blanco y convulsionaba. Rey nunca había visto a alguien pasando un muerto. Las convulsiones se incrementaron y Sandra cayó al piso. Su muerto era una negra conga, muy sabrosona. Sandra se transformó en una vieja, pero con una cara dulce y simpática. Hablando en español enredado y en congo, casi ininteligible, pidió aguardiente y tabaco. Estiraba la bemba y hacía gesto de chupar: «chup-chup-chup-chup». Fue hacia Rey, le puso un brazo sobre los hombros y le pidió que la ayudara a llegar hasta la bóveda. Se dirigió hasta el pequeño altar de Sandra. Allí había una botella de aguardiente y dos puros. Bebió. Encendió el tabaco con mano temblorosa. Fumó. Aspiró a fondo. Bebió otro buche largo, y dijo:

–Tomasa va a hablá pa'ti..., uhmmm, chup-chup-chup-chup..., ahora sí..., uhmm.

Con otro largo trago llevó la botella a la mitad. Tomasa venía con mucha sed. Y fumó un poco más antes de continuar:

–Tomasa va a hablá... Tomasa viene a ayudá... Esa blanquita tuya no te quiere. Tiene otro hombre. Tiene un hijo con otro hombre. Tú la quieres, pero ella no. Ella es sangre y muerte. Desde que nació arrastra la sangre y la muerte. Y te va a arrastrá..., uhmmm..., chup-chup-chup-chup..., uhmmmm.

Más aguardiente. Más tabaco. Se tomó su tiempo, con los ojos cerrados, poderosa la vieja. Y siguió.

–Uhmmm... Tú naciste con un arrastre grande, que viene de atrá, pero te cayó a ti. No é un sorbo. Es un arrastre de cadena pesá, pa'toa la vida. Te tocó a ti. Cadena muy pesá. Uhmmm..., chup-chup-chup-chup...

Bebió el aguardiente hasta el fondo. Los ojos se le pusieron chinos. Y fumó más.

–Uhmmm... ¿Y Sandra?..., uhmmm..., que se cuide. La justicia, y de una blanquita amiga de ella. No é su amiga. Hay justicia por el medio y cárcel y reja. Hay una mala acción que le van a hacé a Sandra. Yemayá y Ochún se lavan la mano y no saben ná, cará..., ah, cará..., cómo se lavan la mano la do..., y Sandra sola... Uhmmm, chup-chup-chup-chup, uhmmm...

Volvieron las convulsiones y los bufidos. Cayó al piso y se golpeó. Se hizo daño. Rey ahora reaccionó y la sostuvo por los hombros. Sandra sudaba. Poco a poco recuperó su expresión normal y abrió los ojos. Rey le acariciaba la frente. Cuando pudo hablar pidió agua. Rey le alcanzó un vaso. Sandra estaba agotadísima. A duras penas logró sentarse en una silla. Bebió el agua. Se recuperó finalmente:

–Ay, Rey, por tu madre, ¿qué pasó?

–Yo no sé.

–Fue Tomasa, seguro. Ay, esa negra vieja, cómo jode. ¿Qué hizo?

–Yo no entiendo nada... Tú decías: «Tomasa va a hablá», y me dijiste un montón de cosas de Magda.

–Yo no fui. No te he dicho nada. Ni sé nada. Fue Tomasa.

—¿Quién es Tomasa? ¿Qué es eso?

—¿Qué hizo? Seguro que se metió la botella de aguardiente, la muy puta. Borracha de mierda.

—Sí, ¿tú no estás borracho? Te metiste la botella de aguardiente en cinco minutos y te fumaste un tabaco.

—Se la tomó ella. Yo no bebí nada. ¡Argh, y se fumó un tabaco, qué asco! Siempre es lo mismo con Tomasa. Déjame explicarte una cosa, para que me ayudes. Cuando tú me veas así, con las convulsiones, es Tomasa. Pero no la puedo dejar. Yo no puedo pasar el muerto cada vez que ella quiera, porque acaba conmigo. Eso no es así, y tengo que ponerle control. Si estoy contigo y empiezan las convulsiones y a sudar frío, me pasas agua de colonia por la frente o alcohol, me lo das a oler y me dices bajito cualquier otro nombre, menos Sandra. Me dices cualquier otro nombre.

—¿Por qué?

—Para que Tomasa se confunda. Así cree que se equivocó de materia... Ay, mi hijito, qué ignorante tú eres, por Dios. ¿Tú no eres cubano, tú no naciste en La Habana? Tú naciste aquí, y en San Leopoldo nada más y nada menos, candela viva. A veces me parece que caíste de la luna. Dame más agua. Esta vieja salá me deja sin fuerzas cada vez que me agarra.

Rey le alcanzó otro vaso de agua.

—Ah, Tomasa dijo que te cuidaras de la justicia. Que hay cárcel. Y que te cuides de una blanquita amiga tuya, que no es amiga.

—¿Yamilé?

—No dijo nombre.

—Ay, Dios mío.

—Ah, y que Yemayá y Ochún se lavan las manos.

—Lo que faltaba. ¡Yemayá y Ochún de espalda pa'mí! Ahora sí que me jodí. Esa Tomasa nada más que viene a traer malas noticias y a joder. ¡Qué barbaridad! Jamás me resuelve nada, jamás me da el número de la bolita, ni me busca el millonario de mi vida. ¡Nada!

Se levantó del asiento. Recogió la botella vacía y el cabo de tabaco. Llegó hasta el altar furiosa. Golpeó en la madera con los nudillos y le dijo:

—Tú me estás oyendo. Con tu borrachera y tus cosas, pero tú me estás oyendo, ponte pa'las cosas y ayúdame, porque si no la bronca se va a oír en Guantánamo, y todos esos negros van a venir pa'cá y no la vas a pasar bien. ¡Yo no puedo caer en una cárcel, y tú lo sabes! Ayúdame, porque esto lo vamos a resolver muy fácil: no te pongo más aguardiente ni más tabaco ni miel ni nada de nada. Flores y agua hasta que resuelvas. Te vas a morir de hambre. Así que allá tú. Qué cojones vas a venir a coger borracheras a cuenta mía y a fumar tabacos grandes. ¿Tú sabes qué te fumaste? Un Lancero Especial. De marca. No jodas, chica. Y después me dices que no puedes resolver. ¿Tú me has visto cara de comemierda a mí? Parece que tú no sabes quién es Sandra La Cubana. ¡Ponte pa'tu número, Tomasa, que estás jugando con Sandra La Cubana y eso es jugar con candela!

Cuando Sandra terminó hizo más café. Se sentaron a beberlo y a fumar. Ella buscó música en la radio. La música de siempre: son y salsa. Se quedaron en silencio, escuchando la música y fumando. Sandra se puso a lijar y esmaltar las uñas de sus pies, muy entretenida.

—Sandra, ¿qué negocio me ibas a proponer?

—Ahh, sí. Déjame terminar y vamos a ver a Raulito. Es cerca.

—¿Qué cosa es?

—No preguntes. Te conviene.

Al rato salieron. Sandra, como siempre, la putica del barrio, caminando a saltitos, con el culito empinado hacia atrás, un short mínimo mostrando la parte baja de las nalgas, sonriéndoles a todos los vecinos, feliz y lujuriosa. Rey se acomplejó un poco. Después le dio igual. Raulito era un viejo tránsfuga con colmillos de oro, tatuajes en los brazos, collares de Oggún, barrigoncito, bajo de estatura, con hocico de cerdo y sonrisa de hijoputa. Rey ni abrió su boca. El tipo no era confiable ni un poquito. Sandra se colaba por el ojo de una aguja. Saludó al Raulito muy sata, con un beso en la mejilla:

—Mira, Raulito, éste es el muchacho.

—Mucho gusto —dijo Raulito, sin mirar a Rey.

—¿Puede empezar hoy mismo? —preguntó Sandra.

—Espérate, Sandrita, esto no es así.

—Bueno, habla.

—Ven acá.

Se la llevó aparte:

—¿Quién es ese tipo?

—Mi marido. Yo respondo por él. ¿Tú quieres un adelanto?

—Claro. Me adelantas mil pesos y después son cien todos los días.

—No. Te adelanto quinientos y después son ochenta todos los días. No te hagas el chivo loco conmigo.

—No, eso no es así...

—Sí es así, Raulito, y no me vas a meter el pie, porque ya hablé con todos los taxistas que tú tienes y con los de Roberto. Con todos. Y es quinientos y ochenta.

—Está bien, putica, está bien.

—¿Cuándo empieza?

—Que venga mañana a las siete y que traiga la tarjeta de identidad.

—Está bien. Yo vengo con él y te traigo el dinero.

Se fueron. Una vez en la calle, Sandra le explicó:

—Es un triciclo. Un taxi. Este hombre tiene como diez o doce trabajando para él, además de un paladar y tres apartamentos que alquila. Es un magnate..., trapichao, tú sabes..., por abajo del tapete.

—¿Y cómo es?

—Tú lo trabajas a tu modo y le pagas a él todos los días ochenta pesos. Más quinientos de adelanto, que hay que pagar mañana.

—No puedo meterme en eso.

—¿Por qué?

—¿De dónde voy a sacar quinientos pesos?

—Yo te los presto, papi riqui. Mañana antes de las siete estamos aquí. Trae tu tarjeta de identidad.

—No, no.

—No ¿qué?

—Uhmm.

—¿Uhmm qué?

—No tengo tarjeta.

—Me lo imaginaba.

—Así que olvídate.

—De olvidarse nada. ¿Quieres pinchar con el triciclo o no?

—Sí.

—¿Seguro?

—Seguro.

—Vamos para hacerte una foto. Por la tarde tendrás una tarjeta nuevecita.

Un movimiento extraño. Unos pesos. Y a las cuatro y media de la tarde Rey tenía su tarjeta nuevecita a nombre de un tal José Linares Correa, de diecinueve años, nacido en Sibanicú y domiciliado en La Habana. Listo.

Al día siguiente comenzó con su bici-taxi. Hizo ciento cincuenta pesos. Bien para ser el primer día. Por la tarde, casi de noche, fue a ver a Sandra. Ella estaba enfrascada en su larga sesión de maquillaje y escenografía nocturna, con abundante brillo. Yamilé esperaba fumando, displicente y desganada, como siempre. La guapería del barrio centrohabanero exigía ese aire de «yo soy durísima y me da igual cualquier cosa». Rey venía entusiasmado. Sandra lo retuvo:

–Espéranos y nos llevas. ¿Estás muy cansado, papito? Báñate, come y descansa un poquito. Ahí tienes la comidita lista..., pero báñate primero y ponte ropa limpia. Allí está tu ropa. La lavé y la planché.

Rey hizo un mohín, pero no le quedó más remedio que obedecer. Aprovechó para bañarse de frente y mostrarle el rabo a Yamilé. Tenía la idea fija de darle un rabaso a esa blanquita. Se lo frotó para que engordara y se estirara. Quería deslumbrar a Yamilé con algo, ya que ella lo despreciaba tanto. Yamilé ni se dio por enterada. Él se secó, se vistió. Sandra le sirvió: arroz, frijoles negros, picadillo con papas fritas, ensalada de aguacate, agua fría, pan. De postre natilla de chocolate, café y otro de aquellos fabulosos Lanceros. Yamilé lo miró todo de reojo, hasta que no pudo soportar más y explotó:

–Oye, Sandra, ¿cuál es la explotación de este tipo contigo? ¿Qué repinga te pasa con este churrioso muertodehambre?

–Ay, Yamilé, déjame. Él es El Rey de La Habana y es mi marido, así que yo soy La Reina de La Habana, jajajá... El Rey y su Reina...

No había visto a Magda. Parada en la puerta del cuarto, en la penumbra del pasillo, había escuchado todo. Y saltó como una leona:

–Oye, cacho de bugarrón, ¡arranca pa'l cuarto antes que te parta la cabeza! Y tú, maricona vieja, ni te atrevas a mirar a mi marido, porque te voy a matar. ¿Quién eres tú pa'cocinarle ni un carajo?

—Ay, bruja, déjate de chusmería porque no estoy pa'ti.

Rey miró a una y a otra y siguió comiendo como si nada. Yamilé se preparó para divertirse.

—¿Tú no me oíste, Rey? Deja esa comida. Eso tiene brujería y te va a joder tó.

—Magda, vete pa'l cuarto que yo voy dentro de un rato.

—¡No seas descarao, chico! ¿Ahora te metiste a bugarrón? A bugarrón barato con este maricón cochino, porque si al menos fueras pinguero con los extranjeros y ganaras fulas..., pero no..., bugarrón barato con la negra puerca esta.

—Tú lo que me tienes envidia, porque tú eres una bruja sucia, y yo soy una vedette, toda una madame.

—¿Yo, envidia de ti, cacho de maricón?

—Ay, pero mira quién habla..., todo el mundo sabe que tú puteas con todos esos viejos puercos que te dan dos pesetas. Por eso estás tan estropajá, churriosa, y no te quitas el sorbo de arriba con nada. Lávate las patas, anda, y sal de mi cuarto.

—¡Más churriosa y más puerca eres tú, maricona!

Magda se lanzó sobre Sandra. Intentó agarrarla por los pelos, pero era una peluca. Sandra aprovechó para darle unos bofetones con la mano abierta, dando saltitos y gritos como una gata. Magda la sonó duro, a piñazos con el puño cerrado. Le partió la boca. Se golpearon un poco más. Yamilé, de lo más divertida con la pelea. Rey las dejó que se quitaran la picazón. Cuando creyó que ya era suficiente intervino:

—Bueno, ya. ¡Magda, ya! Suéltala y arranca pa'l cuarto. Yamilé, ayúdame. Agarra a Sandra.

Yamilé ni se movió. Se reía con todo aquello. Magda y Sandra seguían injuriándose y golpeándose. Ya habían calentado los motores. Detenerlas ahora era difícil. Rey logró colocarse entre las dos y al fin pudo aplacarlas.

–Vuelve a meterte aquí, bruja, puta vieja, que te voy a tasajear –le gritó Sandra.

–¡Deja tranquilo a mi marido, maricón hijoputa! ¡No lo vuelvas a mirar porque te voy a picar las nalgas y la cara! ¡Puedes jurar que te pico y te desgracio la cara, salao!

Rey logró llevársela, arrastrándola hasta su cuarto, oscuro y apestoso a humedad y mugre. A Rey ya no le agradaba estar allí. El cuarto ventilado de Sandra, siempre oloroso a perfumes, incienso y hierbas aromáticas, era mucho más atractivo.

–Que no te vea más con ese maricón, porque te voy a matar, Rey. Les pico la cara a los dos y los desgracio, aunque vaya pa'la cárcel.

–Yo hago lo que me salga de los cojones, Magda. Tú no eres mi dueña ni un cojón y no vas a picar a nadie.

–Repinga, yo soy tu mujer y no me vas a pegar los tarros con ese maricón, y al lado mismo de mi cuarto. ¡No lo vas a hacer! Porque no me sale a mí del culo. ¡No me vas a pegar tarros ni con este maricón ni con nadie!

–Ah, no jodas, Magda, si tú te pierdes dos o tres días a tus puterías. No vengas ahora de trágica con ese numerito de señora de su casa.

Magda se desplomó repentinamente. La histeria desapareció de golpe y se puso depresiva y llorosa:

–No acabes conmigo, Rey, por tu madre... Cada día estoy más enamorada de ti... No me hagas esto..., yo no quería enamorarme, ¿por qué..., por qué?

Y empezó a sollozar. Rey la observó dudando:

–Ésas son lágrimas de cocodrilo. No me vas a ablandar, y me voy que tengo trabajo.

Magdalena, llorando como una Magdalena, se tiró boca abajo en el jergón. Rey salió hacia el cuarto de Sandra. El macho triunfal.

—Mira a la reputa de esa bruja lo que me hizo —le dijo Sandra, y le mostró abundantes moretones y arañazos en la cara y el cuello, que intentaba ocultar con maquillaje—. Y menos mal que no me partió un diente. Se faja igual que un hombre..., es una salvaje, nada femenina, yo no sé cómo tú puedes templarte a esa mujer que es un boxeador salvaje, bruja de mierda.

—Sandra, termina, mamita, entre el maridito nuevo, el maquillaje, la bronca, los arañazos y la peluca que se rompió, la vecina puta..., ohh, estás un poco trágica últimamente —le dijo Yamilé.

—¿Ustedes querían que yo las llevara? Arriba, andando, que no quiero más jodiendas esta noche con Magda.

—Espérense —dijo Sandra—, que estoy nerviosa y no me puedo pegar las pestañas. Yamilé, ayúdame.

Al rato Rey iba pedaleando por Reina, con las dos putas cómodamente sentadas detrás, tomando el fresco de la noche y fumando. Las dejó cerca del Riviera.


Esa operación la repitió tres noches. A la cuarta, Sandra le dijo:

—Espera aquí por nosotras. Si en media hora no salimos, te vas.

Ellas entraron al Café Rouge. Poco después salió Yamilé, le dio veinte dólares y le indicó una dirección. A los veinte minutos, Rey regresaba con dos sobres de coca. La recogió Sandra. Le dio cinco dólares y regresó al elegante café donde sólo aceptaban dólares. Rey recogió su billete verde y pensó: «Uhm, esto es otra cosa, aquí sí hay vida.»

Se aficionó a servir de mensajero. El bici-camello de la coca. Trabajaba poco por el día y de noche daba unos cuantos viajecitos. A cinco pesitos cada uno. Nunca tuvo tanto dinero. Pero ya se sabe. La felicidad dura poco en casa del pobre. Una noche dio dos viajes. En cada uno trajo cinco dosis al Café Rouge y Sandra las recogió y las llevó dentro. Al tercer viaje vino con siete sobres. El negocio iba viento en popa. Eran las dos de la mañana. No había un alma en los alrededores. Sólo dos taxistas adormilados, esperando clientes trasnochados, y unas jineteras mal vestidas que no podían entrar al café y esperaban clientes de última hora. Rey le entregó los sobres a Sandra, enmascarados dentro de dos paquetes de cigarrillos. De un auto cercano, aparentemente vacío, salieron dos tipos con pistolas en la mano:

–¡No se muevan! Policía. ¡No se muevan!

En un segundo los dos agentes estaban encima de ellos. Rey le dio un empujón a Sandra y la lanzó contra los policías. Así ganó unos segundos y salió corriendo hacia la calle lateral. A sus espaldas sonaron dos disparos. Corrió más duro aún. Sonó otro disparo. Llegó a la esquina y entró por una calle oscura. Corrió como alma que lleva el diablo. Dos cuadras más abajo construían un edificio de varias plantas. Entró en la construcción. Por la calle pasó un auto velozmente. Él se quedó un rato tras una pared, escuchando, conteniendo la respiración. Silencio. Dos vigilantes paseaban ahora frente al edificio. «Bueno, hay que esperar un rato», pensó. Se dedicó a sacar cuentas. Cada noche ganaba diez o quince dólares sólo por los viajecitos de cinco cuadras. «Coño, qué rápido se me jodió este negocio.» Unos minutos después, los vigilantes fueron a dar una vuelta por atrás del edificio. Rey salió tranquilamente, caminando por todo el Vedado. Ahora tenía su tarjeta de José Linares Correa. Los policías la habían chequeado tres veces y siempre salió ileso. Caminaba tranquilo, con su identificación, con treinta dólares en el bolsillo, mejor vestido que nunca. «Estuve a punto de comprarme una cadena de oro..., bueno, a ver cómo salvo el pellejo ahora.» Por suerte no se aficionó a la coca. La probó un par de veces. Prefería el ron y la hierba.

Recordó que tenía un poco de hierba en el bolsillo. Se sentía muy seguro. Pensaba que Sandra no hablaría, aunque si habían agarrado también a Yamilé, entonces sí podía esperar cualquier cosa. «Piensa un poquito, Rey. Piensa un poquito para que sigas siendo El Rey de La Habana y no te metan en el tanque.» Se sentó en el muro del Malecón. Eran las tres de la mañana y una buena brisa se llevaría enseguida el humo. Preparó el cigarrito y se lo fumó. Nadie se acercó por allí. Cogió una notica sabrosa y entonces se le aclaró la mente: «Reynaldito, hijo, ellos te vieron la cara. Quién sabe desde cuándo te estaban observando, y tú comiendo mierda en el triciclo pa'rriba y pa'bajo. Así que si te exhibes mucho por La Habana, el tanque te espera de nuevo. Uhmm..., tienes que perderte unos días y después avisarle a Magda.»

Y así lo hizo. Salió caminando suave por todo el Malecón, Avenida del Puerto, Tallapiedra, elevados del tren, puerto pesquero. Ya era de día cuando llegó al rastro de viejas carrocerías y chatarras. Dos camiones enormes tiraban más inmundicia de hierro. Entró por cierto sendero que conocía bien. El contenedor oxidado y medio podrido lo esperaba. Rey lo miró con amor: «Ah, mi casita, qué felicidad aquí tranquilito», se dijo a sí mismo. Se sentía bien allí. Muy bien. Y se tiró a dormir encima de unos cartones medio podridos. Estaba como un cachorro en su nido.

Cuando despertó se sentía nuevo. Tenía hambre y se dijo a sí mismo: «Pa'Regla, Rey, que allí hay pocos policías y ahora tienes dinero. Así que nada de limosnas ni de santicos. El santico que me toque los cojones.» Y se puso en marcha. Ya era de noche y sintió un poco de frío.

Cuando llegó a Regla había fiesta en el parque. Un gran letrero decía: «Feliz Año Nuevo», y en otro leyó: «Bienvenido 1998, con más esfuerzo defenderemos nuestras conquistas.»

«Ah, coño, el siete de enero cumplo diecisiete años. Mejor celebro hoy el Año Nuevo y el cumpleaños y si mañana me cogen preso, que me quiten lo bailao, como decía abuela.» Compró cerveza. Al rato se empató con una negrita prieta, con buen culo y buenas tetas. Muy alegre y sonriente, y con mucha cascarilla espolvoreada en el pecho y la espalda, para espantar todo lo malo. Cuando Rey sacó los treinta dólares para pagar la cerveza, la negrita miró de reojo y se dijo: «Ya hice la noche.» Pero Rey le mostró los billetes y pensó: «Ya mordiste la carnada, pelandruja, te voy a dar pinga esta noche hasta por los oídos. La perlana está pidiendo carne.»

Y así fue. Bailaron un rato. Se masacotearon. Rey le compró otro lague. Se la llevó para un callejón atrás de la iglesia, y en aquella oscuridad la puso a mamar y le soltó el primer lechazo en el pecho, le embarró las tetas. Tenía semen de un par de días. Mucho semen. Y le dijo:

—No te limpies. Déjala que se seque ahí. Ésa es la marca de El Rey de La Habana. Así vas calentando los motores.

En fin, Rey comenzó muy bien el año 1998. Gastó sus treinta dólares en ron, cerveza y una buena paella, bailó, templó toda la noche. Y a las seis de la mañana estaba rendido, con media botella de ron en la mano y la negrita deslechada como él, dormida con la cabeza recostada en sus muslos. Veía el amanecer, sentado en sus escalones preferidos junto al mar, frente a la iglesia de Regla. «Ya es primero de enero. Cómo he cambiado. Hasta sé bailar y me gusta la música.» Estaba alegre y satisfecho de su fiestecita. Se recostó hacia atrás y se durmió. Despertó con el sol alto y bien caliente. A su izquierda la lancha de pasajeros iba y venía atravesando la bahía. La negrita también se despertó. Se estiraron, bostezaron, se miraron. Ella le dio un beso, inesperadamente alegre y relambía:

—¡Ay, qué novio más lindo para empezar el año! Mulato maceta. ¿Cómo tú te llamas porque se me olvidó?

—No se te olvidó. Yo no te lo he dicho.

—Anoche me lo dijiste.

—No te dije nada. ¿Y tú cómo te llamas?

—Katia.

—Yo me llamo Rey.

—Ah.

—¿Qué?

—Cómprame un refresco. Tengo una sed...

—Deja ver... —Se registró en los bolsillos—. No. No me queda ni un centavo y me parece..., ay, mi madre...

—¿Qué cosa?

—Se me perdió la tarjeta de identidad...

—Candela...

—Sin dinero y sin tarjeta.

—Ah, Rey, no te hagas, que tú eres maceta. Anoche tenías tremendo bulto de fulas. Cómprame un refresco y guarda ese ron. No quiero más.

—No tengo dinero. No jodas más con el refresco. ¿Dónde tú vives?

—Aquí mismo.

—Bueno, ve echando porque la fiesta se acabó.

—Ay, papi, no digas eso. ¿Tú estás casado?

—No.

—Entonces, podemos seguir. Yo no tengo hijos ni nada.

—No tengo ni dónde vivir, muchacha. Vete echando, vas a salir mejor.

—No me voy. ¿Yo te gusto?

104

–Sí, claro. ¿No viste toda la tranca que te di anoche? Tengo la perlana echando candela en el pellejo.

–Ay, sí, papi, me volviste loca.

–¿En tu casa habrá algo de comer?

–¿En mi casa? ¡Tú estás loco! Nosotros somos catorce y vivimos todos en un cuarto, en un solar que está aquí cerquita, como a dos cuadras.

–Entonces mejor ni vamos.

–No, no, ¿pa'qué?

Salieron caminando sin rumbo. Katia, dichosa, feliz, abrazada a Rey, pensaba cuál promesa podría hacerle a Yemayá, la Virgen de Regla, para que aquel mulato Pinga de Oro no la dejara y se enamorara de ella para siempre. Rey, por su parte, pensaba en llevarla hasta el rastro de herrumbre y vivir acompañado un tiempo en el contenedor. La negrita era fibra y músculo. Después de todo, no merecía la pena estar allí solo y amargado. «¿Qué será de Magda, qué estará haciendo esta hora mi dulce y triste Magda de junco y capulí?» ¿Dónde había escuchado eso? ¿Sería en la escuela?

Hacia ellos venía un mulato alto, delgado, alegre, con una flamante gorra del servicio de limpieza de la ciudad de Chicago y una gran cadena de oro, con un medallón de la Virgen de la Caridad del Cobre. Saludó a Katia con un beso:

–¡Cogiste en grande el Año Nuevo!

–Jajajá... Mira, Rey, éste es Cheo, uno de mis hermanos.

–Mucho gusto.

–Uhm.

–¿Qué hacen?

–Nada.

–Tengo un güirito esta noche, vayan.

–¿Dónde?

–En el Nuevo Vedado.

–Uhm, muy lejos.

–Katia, ven acá. Disculpa un momento, Rey.

Cheo se apartó un par de metros con Katia:

–Oye, es un güirito con unos extranjeros. Son dos viejos y dos viejas, y pagan bien. Quieren ver un cuadro. ¿Qué volá con este tipo? Si es fu dale de lado y elimínalo.

–No, no. Él es perfecto pa'eso. Tiene un pingón grandísimo y con dos perlas en la punta. Anoche me volvió loca. ¿A cómo tocamos? No me hagas maraña que tú eres tremendo marañero...

–No, fair play to'el tiempo. Cincuenta faítos pa'cada uno.

–Dame la dirección. No hay más que hablar.

Katia convenció a Rey en cuanto mencionó los cincuenta dólares. A las diez de la noche disfrutaban de una cerveza fría, sentados tranquilamente en una mansión apacible, de dos plantas. Los muebles, cortinajes y alfombras un poco raídos y descoloridos, los escasos adornos fueron nuevos cuarenta años atrás. En las paredes colgaba una mezcla ecléctica de lienzos: desde Lam, Mariano, Portocarrero y otros maestros cubanos modernos, hasta algún Romañach y numerosos europeos de medio pelo del siglo XIX, una acuarela sobre papel de Dalí y una tinta de Picasso. Cheo los hizo esperar una hora, sentados en aquel sofá polvoriento, con la cerveza que bebieron en dos minutos. Los cincuenta y ocho minutos restantes estuvieron tiesos, sobrecogidos en aquella residencia impresionante, sin atreverse ni a hablar entre ellos, respirando polvo y humedad. Un viejo maricón pasó varias veces, atravesando el salón. Siempre los miraba y les sonreía. A las once de la noche llegaron los invitados: dos hombres de sesenta años, barrigones, con relojes y cadenas de oro, un poco amanerados. Saludaron. Siguieron hacia otra habitación. Silencio. Rey estaba impaciente:

—Katia, creo que me voy. Aquí hay mucha intriga y no me gusta este lío.

—No te me rajes ahora, que son cincuenta faítos.

En ese momento reapareció Cheo, con su gorra de Chicago:

—Ya cuadré lo que vamos a hacer. Ahora ponemos música, nos damos unos tragos, conversamos, y entonces yo te aviso para que hagas un *striptease*, provocas a Rey. Tú desenvainas el animal y forman el relajito entre ustedes dos. Después yo también desenvaino y ya tú sabes...

—¿Ya tú sabes qué? Yo soy hombre, no quiero relajito conmigo.

—Bueno..., con Katia..., le tiro a Katia na'má.

—¿Katia no es hermana tuya?

—Ah, olvídate de eso.

Todo salió a pedir de boca: música, ron, cerveza, conversación banal, unos gramitos de polvo esnifado. El maricón de la casa y los maricones extranjeros no eran estimulantes. Pero allí estaba Katia, saboreando la manzana. El polvito los puso eufóricos y la negrita se graduó de vedette porno. Sabía hacerlo como una gran estrella. Rey tuvo su erección y desenvainó. Cheo se entusiasmó y se quitó el pantalón. Le daba lo mismo dar o que le dieran. Los maricones se limitaron a mirar. Cheo intentó varias veces dar o recibir, pero ellos lo rechazaron. Tenían miedo a las enfermedades tropicales. El show fue breve. No había buen ambiente. Los yumas pagaron y se fueron. El dueño de la casa mordió el anzuelo con Cheo y se fueron a una habitación aparte. Unos minutos después Cheo salió, agarró el pequeño cuadro de Picasso, lo puso en una bolsa plástica, se lo dio a Katia y le dijo:

–Llévame este cuadrito pa'la casa y guárdamelo.

–¿Y pa'qué tú quieres esta mierda tan fea y tan vieja?

–Pa'ponerlo de adorno.

–¿De adorno? ¿En aquel cuarto churrioso? Ah, tú está loco.

–Cuídalo, que no se pierda por nada del mundo. Te voy a dar diez faítos por el favor.

–Ah, bueno, así sí.

–Váyanse, que tengo un trabajito adicional ahora.

Katia y Rey salieron caminando en la madrugada, sin prisa. Cada uno con cincuenta dólares en el bolsillo. Rey sin tarjeta de identidad, y pensando en el problemita pendiente del Café Rouge, le dijo a Katia:

–Oye, me estoy regalando, y no me conviene chocar con la policía. Me voy a meter por un callejón de éstos y mañana sigo.

–Ah, me da igual.

Entraron por un callejón oscuro y arbolado, junto al zoo. Avanzaron por allí. Había pocas casas, pocas luces y muchos árboles. Escogieron un árbol frondoso, se sentaron, recostados al tronco, y durmieron escuchando los gritos, chillidos, bramidos, rugidos, de elefantes aburridos, leones torpes, monos y aves de todo el mundo, que despertaban en medio de la noche extrañando sus selvas y lamentando aquellos barrotes, aquella peste a mierda ajena y aquellos alimentos insulsos y escasos.

En cuanto amaneció iniciaron su camino a pie y el tropel de las aves y de los monos fue quedando atrás. Entonces recordaron que tenían dinero y que podían tomar un taxi hasta el desembarcadero de la lancha de Regla.

Media hora después bajaron del taxi en la avenida del puerto, frente al muelle de la lancha. Estaban bastante ajados y sucios, pero no se diferenciaban del resto. Un policía se les acercó y le pidió documentación a Rey. Otros tres policías hacían lo mismo al azar, con cualquier peatón. Revisaban bolsas y paquetes e indagaban por el origen de esto o aquello. Si encontraban cualquier anormalidad, detenían al ciudadano y se lo llevaban preso. Por «anormalidad» se entendía carne de vaca, huevos, leche en polvo, quesos, atunes, langosta, café, cacao, mantequilla, jabones, en fin, una cantidad de productos que circulaban en bolsa negra a mejor precio que en las tiendas de dólares y que no existían en las de pesos cubanos.

Al mismo tiempo que pidió la tarjeta de identidad, el policía le indicó a Katia con un gesto que abriera la bolsa y mostrara lo que llevaba. Ella mostró el Picassito.

–¿Y eso?

–Un cuadrito, un adorno pa'la casa.

–Ahh.

Fue a reiterarle a Rey que mostrara la identificación, pero otro de los policías había sorprendido a un traficante de bolsa negra, con una caja que contenía varios kilos de leche en polvo. El policía llamó a los otros para que le ayudaran con tan peligroso transgresor de la ley. Rey respiró aliviado y se apresuró para entrar al muelle de la lanchita. Dentro de unos días cumpliría diecisiete años, y quería estar en la calle. Aunque era difícil. Cada día había más policías y chequeaban más y más. ¿Tendría que vivir siempre como un ratón, escondido en su cueva? Katia lo sacó de esas cavilaciones.

–Por poco me meo y me cago con ese policía.

–¿Por qué?

–Tú sin identificación y yo con este cuadrito de mierda. Yo no sé pa'qué Cheo se robó esta porquería. Tengo ganas de tirarlo pa'l agua.

–Te dijo que se lo cuidaras por diez faos. No es de gratis.

–Por eso no lo tiro.

La lanchita atravesaba la bahía lentamente, moviéndose entre unos buques fondeados, silenciosos, sin nadie a la vista. En los muelles no se veía actividad. La impresión general del puerto era de huelga, o recesión o soledad. Bajaron en Regla. Más policías. Se metieron en la iglesia. Katia aprovechó para arrodillarse ante el altar mayor y rezar fervorosamente. Rey, sentado en un banco, la observaba fríamente mientras seguía pensando: «Si me pongo a pedir limosnas con un santico me dejan tranquilo. De pedigüeño es como único dejan de pedirme la tarjeta de identidad cada dos minutos.»

Katia terminó sus oraciones a Yemayá y salieron caminando discretamente hasta el solar. Ya Cheo los esperaba. Le arrebató el cuadro de las manos a su hermana.

—Cheo, dame el dinero.

—Después, ahora no tengo.

—No seas descarao, Cheo. Dame mis diez fulas. Por poco tiro esa mierda pa'l agua. ¿Pa'qué tú quieres eso?

—Toma tus diez fulitas, Katia. Y no preguntes tanto.

—Tú vas a vender ese cuadrito. Por algo me pagaste diez.

—No se lo digan a nadie, pero este cuadrito vale una tonga de pesos, en fulas. Y ya lo tengo vendido a un extranjero socio mío.

—¿Y cuánto te va a dar?

—Bueno, él me dijo que doscientos, pero yo se la voy a poner difícil, a ver si suelta trescientos, jajajá. Trescientos dólares por esta mierdita..., verdad que soy una mente pa'los negocios... ¡El bisne es mi vida, Rey, el bisne!

—Yo dudo que te den tanto por ese cuadrito morronguero.

—Oye, Rey, eso está cuadrao ya. El tipo se volvió loco cuando se lo dije y él tiene forma de sacarlo del país sin problema ni ná. La gente con fulas vive bien, acere. ¡Dinero, dinero, sin dinero no vives! Vamo' pa'llá fuera, acere. Vamo' a hablar de negocios.

Salieron del solar y se sentaron en el borde de la acera:

—Oye, Rey, yo ni te conozco, pero tú estás estrallao porque quieres, acere. Y si estás empatao con mi herma-na..., vaya..., yo debo ayudarte.

—No sé por qué tú dices eso.

—Tú estás joven. Tienes un buen material. Ese colorci-to tuyo se paga.

—¿Qué tú estás hablando?

—Oye, las yumas son enfermas a los negros y a los mu-latos. Como tú y como yo. Y tú tienes un pingón que vale una fortuna. ¡Es oro lo que tienes entre las patas! ¡Oro puro!

—Chico, ¿tú eres maricón o qué volá contigo?

—Espérate, espérate, no te mandes a correr. Estoy tra-tando de ayudarte.

—¿Tratando de ayudarme? Así de gratis, por buena gente que tú eres..., con la cara de singao que tú tienes... ¡No jodas, compadre!

—Espérate, acere..., mira, atiéndeme. Yo estuve seis meses en Finlandia, empatao con una yuma de allí mis-mo, de la capital, y aquello fue un vacilón. Un frío y una nieve de cuatro pares de cojones, y no entendía el idio-ma, pero vaya, se vive..., todo el mundo vive allí como un rey.

—¿Y por qué regresaste entonces?

—No, no, porque tuve problemitas con la policía y eso y..., na', pero eso ya pasó. Mira, Rey, hay que proyectarse, ahora estoy empatao con una noruega. Viene en febrero a casarse conmigo, y me voy echando.

—¿Pa'dónde?

—Noruega.

—¿Dónde está eso?

–En casa del carajo. Ella dice que es igual que Finlandia, con tremendo frío y nieve y el idioma extraño, la misma jodienda, pero ahora voy casado, legal, y pa'trá no regreso ni pa'cogel impulso.

–Que te vaya bien.

–Sí, pero te lo digo, porque la jeba mía tiene dos o tres amigas. Cuando estén aquí yo te presento y te empatas pa'ir echando también. Después le mandamos un noruego pa'cá a Katia. Vaya, pa'que me entiendas, esto es sálvese quien pueda, pero si te puedo ayudar a ti y a mi hermana...

–No, no, conmigo no cuentes. Yo le tengo miedo a los aviones y nunca he salido ni de La Habana. Ni me hace falta. Lo mío es aquí.

–No seas bruto, Rey. Tú estás joven y tienes una pinga que te abre las puertas del mundo, hazme caso.

–Na, na. Deja eso. Voy echando.

–Ahh, tú vas a ser un muertodehambre toda la vida.

–Yo estoy acostumbrao a luchar, acere, y nunca me he muerto de hambre. Dile a Katia que me fui. Luego vengo por aquí.

Cheo se quedó sentado en el borde de la acera, pensando que aquel tipo era un imbécil. Entró al solar y le dijo a Katia:

–Oye, olvídate de ese mulato muertodehambre. El que nace pa'centavo nunca llega a peseta.


Rey estaba asustado. Compró unos panes con croquetas, refrescos, dulces. Se llenó la barriga y rehízo su ruta habitual. Salió de Regla. Dejó atrás los silos. Avanzó un poco más bajo el suave sol de enero y llegó al contenedor. Tenía demasiados problemas en la mente: la policía, Magda, el posible chivatazo de Yamilé y Sandra. Estaba agotado y con dolor de cabeza por lo de la noche anterior. «Después de todo, me busqué una tonga de fulas sin mucho trabajo», pensó, y se quedó dormido. Durmió profundamente veinte horas consecutivas. Nada le interrumpió. Cuando despertó al día siguiente era mediodía y tenía un hambre terrible. Se controló. Sabía cómo hacerlo. «No le hagas caso al hambre polque no hay na' que comer.» Esa frase de su madre la repetía automáticamente y se le quitaba el hambre. Lo hacía como un reflejo condicionado. Así de simple. Dormitó un poco más. Por pereza. Por pura pereza. Sabía que tenía que moverse. Hacia Regla y buscar a Katia. O hacia La Habana y buscar a Magda. ¿Qué hacer?... Ah, odiaba tomar decisiones. Jamás pensaba en términos de coordinación, precisión, sistematicidad, perseverancia, esfuerzo. A lo lejos ladraban unos perros. Muchos perros ladrando al mismo tiempo. Su mente se fue plácidamente hacia allí. Escuchó a los perros un buen rato. Entonces descubrió que además cantaban gallos, rugía algún camión, y que, mucho más cerca, el viento movía la hierba y la hacía murmurar. Nada de eso le interesaba. ¿Qué le interesaba? Nada. Nada le interesaba. Todo le parecía inútil. Y de nuevo se durmió. Tranquilamente.

Atardecía cuando se despertó. El hambre ya era tanta que no la sentía. Salió caminando por inercia hacia La Habana. Sin pensar. Estaba flaco y demacrado. Tenía dinero en el bolsillo, pero ni lo recordaba. Fue bordeando el barrio de Jesús María hasta el parque Maceo. Era muy tarde. No esperaba encontrar a Magda vendiendo maní a esa hora en la parada del camello. Y no la encontró. Un tipo discutía con otro. De repente agarró una muñeca plástica que llevaba en una bolsa y golpeó al otro en la cabeza:

—¡No abuses más de mí! ¡No abuses más de mí! ¡Está bueno ya!

El otro, con un gesto, se protegió con un brazo al tiempo que le agarraba la mano. El tipo se zafó del agarre y siguió golpeándole con la muñeca, que largó la cabeza y se deshizo en pedazos. Entonces soltó los restos de la muñeca y lo golpeó con los puños cerrados. Golpeaba como lo haría una niña desvalida y desnutrida. Al mismo tiempo, seguía insultándolo:

—Nunca había tenido un hombre tan abusador. ¡Nunca!

El tipo, sin abrir la boca, siguió escudándose como podía, hasta que en algún momento le agarró el brazo, se lo torció bruscamente, y en un acceso de rabia terrible, le quebró los huesos, partiéndolos fácilmente al chocarlos contra su rodilla. Quedó satisfecho y sarcástico mirando su obra: el del brazo partido, desde el piso, lo miraba con estupor, transido de dolor. Tenía tanto dolor que perdió el habla. Varias personas que miraban se quedaron igualmente mudas. El único que rompía el silencio era un viejo borracho que miraba la escena fijamente, al tiempo que repetía:

—Este mundo está perdío..., miren eso..., este mundo está perdío..., miren eso...

El del brazo partido se quedó tirado en el piso. El otro salió caminando como si nada. Todos se desentendieron y miraron a otra parte. Rey siguió caminando por el parque Maceo hacia el muro del Malecón. Quizás era medianoche, o las dos o las tres de la madrugada. Daba lo mismo. No había casi nadie. Dos o tres parejas bebiendo ron y templando en los bancos, y dos o tres pajeros observando y meneando sus tarecos rítmica y soñadoramente. Todo bien. No problem.

Entonces Rey recordó que tenía unos dólares en el bolsillo. Miró hacia la cafetería de la Fiat, y de repente el hambre rugió como un tigre en el fondo de sus entrañas. Literalmente. Sucede muy pocas veces en la vida. Se siente pavor porque se cree que realmente el tigre puede devorarlo a uno empezando por las tripas y saliendo afuera. Y ese pensamiento altera al más macho de los machos, qué cojones. Hay que buscar algo que comer urgentemente para tranquilizar al tigre. Rey caminó aprisa. Se abrió paso entre la fauna habitual de cándidos turistas en busca de sexo barato y de la mejor calidad, jineteras y jineteros anhelantes de encontrar al cándido turista de su vida que les propusiera matrimonio. También flotaban algunos maricones, y unas cuantas tortilleras brutalmente masculinas y serias, y revendedores de un ron asqueante, primorosamente envasado como legítimo paticruzao. En dos minutos devoraba tres perros calientes con bacon y dos cervezas. Esta vez escondió muy bien los dólares que le quedaban. Compró un paquete de cigarrillos y se fue al Malecón a fumar. No tenía sueño. Hacía días que no se bañaba ni se afeitaba, pero aún no parecía un mendigo. Sólo estaba un poco ajado, sucio, desgreñado, lo cual lo situaba muy orgánicamente en el apocalíptico ambiente citadino de fines del milenio. Maricones finísimos y sensuales y tortilleras crudas y borrachas le pedían cigarrillos continuamente. De ese modo repartió casi totalmente el paquete recién comprado, hasta que reaccionó: oh, se había sentado en el Malecón, frente a la cafetería de la Fiat, precisamente donde se reunían todos los gays y lesbianas buscavidas. Oh, las puertas de Dios. Se corrió un poco más allá, hacia el parque Maceo, territorio del amor heterosexual y de voyeurs acompañantes, evidentemente menos agresivos y más sumergidos en lo suyo.

No tenía sueño. ¿Qué hacer? Nada. Fumar dos cigarrillos que logró salvar. Dio fuego a uno y miró al mar oscuro y espumeante de enero. Había buen fresco y..., ah, recordó su cumpleaños. ¿A cómo estaremos hoy? Miró a su alrededor. A unos metros un negro se pajeaba mirando a una pareja que templaba un poco más allá, sentados de frente sobre el ancho muro del Malecón, se movían rítmicamente, y el negro, absorbido por el espectáculo, se la meneaba al mismo ritmo. Rey no dudó un instante.

–Psh, psh, oye, oye..., psh, oe, oe...

El tipo se sintió sorprendido. Asustado, guardó su falo precipitadamente y seguramente perdió la erección en un segundo, pensando que un policía lo había agarrado in fraganti-manus falus en vía pública. Miró disimuladamente hacia el sitio de donde le silbaban. Entonces Rey le preguntó:

–¿A cómo estamos hoy, acere?

–¿Eh?

–¿A cómo estamos hoy, acere?

–Ehh, ¿de qué? ¿Qué tú dices?

–La fecha, la fecha. ¿A cómo estamos?

–Ah, no..., ¡cojones, compadre!... No sé, no sé..., coñó, acabaste conmigo.

El negro se molestó mucho. Ignoró a Rey y de nuevo intentó concentrarse en su pasatiempo, para recuperar lo perdido y avanzar mucho más. Rey saltó del muro al piso y echó a andar. En la esquina de Belascoaín, dos policías aburridísimos. Rey se electrizó. Viró en redondo. Entró por el túnel del elevado, salió al parque. Más parejas y más pajeros. Frente a él cruzó un viejo con dos bolsas repletas de algo. Eran pesadas y el viejo marchaba aprisa y con cara de susto.

–¿A cómo estamos hoy, abuelo?

–Las dos y media.

–No. ¿A cómo estamos?

–¿El qué?

–¿A cómo estamos hoy? La fecha.

–Ah..., no sé, no sé... Son las dos y media.

Tres policías en la esquina de Belascoaín y San Lázaro. Rey derivó hacia Marqués González, escapó por allí y luego fue atravesando por todas las calles pequeñas, hacia Jesús María. En las avenidas estaban los policías de guardia. En la puerta de un solar, en Ánimas, una señora muy muy muy gorda tomaba el fresco. Casi desnuda. Apenas un vestido viejísimo, raído y transparente de tanto lavarlo. Se le veían sus enormes tetas, sus grandísimos pezones, su extraordinario barrigón, quizás debajo de aquella masa gelatinosa, sudada, ácida, calenturienta, habría un monte de venus con una vagina húmeda y palpitante y todo lo demás. Quizás realmente existía todo eso, lo difícil era llegar hasta allí sin morir asfixiado. La señora no era muy vieja, podía tener entre treinta y cincuenta, o tal vez entre veinticinco y cincuenta y cinco. La vida azarosa difumina muchas cosas, añade arrugas, en fin. Miró a Rey sonriéndose con sorna. Rey le preguntó:

–¿Usted sabe a cómo estamos hoy?

La mujer se quedó sorprendida y se echó a reír como si la pregunta fuera un buen chiste:

–Jajajajá. No sé. Jajajajá.

–Bueno...

–Pero ven acá, no te vayas..., jajajá.

La señora lo agarró por una mano. Tenía unos brazos como jamones y sus manos eran gruesas y fuertes. Rey intentó desprenderse, pero ella no lo soltó. Lo sostuvo con más firmeza y le dijo seductoramente, o por lo menos con la intención de ser tan seductora y sexual como el Lobo frente a Caperucita Roja:

–¿Para qué quieres saber la fecha?

–No, para nada..., suéltame que voy echando.

–No te vayas... ¿Y ese apuro?

–¡Suéltame, cojones, ehh!

Lo soltó y al mismo tiempo le dijo:

–Vamos a mi cuarto pa' que tú veas los chorros de leche que yo suelto..., tú nunca has visto eso..., tú eres un niño... Ven acá..., no te vayas... Ven acá.

Rey ya iba lejos, pensando en lo imbécil que era esa gorda: «¿Quién cojones se va a templar a ese mastodonte? Primero me hago cincuenta pajas.» Y, muy gráficamente, se imaginó intentando levantar aquellas toneladas de grasa, de tripa y barriga, para buscar el bollo y la pendejera de aquella mujer. Se imaginó alzando toda aquella mole y ella riéndose, y él sin encontrar el sexo, y sólo sudor y mugre y peste a sudor ácido. Y se sonrió. Ah, sería divertido después de todo.

Apresuró un poco sus pasos. Había mucho silencio y tranquilidad, y mucha oscuridad y peste a basura podrida. Al parecer los camiones de la recogida de basuras hacía días que no pasaban. En las esquinas se acumulaban lomas de desechos podridos lanzando su fetidez, atractiva para las ratas, las cucarachas y todo lo demás. No le gustó tener que caminar entre tanta oscuridad. Sólo las avenidas estaban un poco iluminadas. Algunos negros del barrio bebían ron y conversaban sosegadamente, sentados en las puertas de sus calurosas y pequeñas habitaciones. La gente decía que El Niño tenía la culpa de tanto calor. «¿Qué niño será ése»?, pensaba Rey.

En la siguiente cuadra casi todos estaban fuera. No podían dormir y lo tomaban filosóficamente, salían a refrescar a la acera hasta que el sueño los venciera. Total, nadie trabajaba, nadie tenía horarios, nadie tenía que levantarse temprano. No había empleo y todos vivían así, milagrosamente, sin prisa. Rey subió por Factoría y se detuvo en la esquina del edificio en ruinas. Aún seguía en pie. Todo bien. «Bueno, hay que decidirse», pensó. Miró a los alrededores. Nadie a la vista. Sigilosamente entró al edificio, subió las escaleras a tientas y golpeó en la puerta de Magda. No hubo respuesta. El candado no estaba colocado, así que Magda dormía. Volvió a tocar y llamó muy bajo, haciendo bocina en una rendija:

–Magda, Magda... Magdalenaaaa...

Insistió un poco más. Al fin, al otro lado de la puerta, Magda respondió:

–¿Quién cojones es a esta hora?

–Rey.

–¿Rey? ¿Rey?

–No grites más, habla bajito.

Magda abrió la puerta. Casi no se veían. A tientas, Magda lo abrazó, lo besó como una loca, y aguantando apenas los sollozos, lo apretó contra ella:

–¡Rey, yo pensaba que estabas preso, mi amor! ¡Ay, Rey, por tu madre, menos mal que regresaste!

Rey no habló. Por primera vez en su vida sintió dentro de sí algo increíblemente hermoso, absolutamente inexplicable. Un sentimiento desconocido pero bellísimo que le crecía dentro. Y su respuesta fue una erección formidable, alegre, total. La erección más risueña y feliz de su vida. Y templaron como dos salvajes, amándose como nunca les había sucedido, orgasmo tras orgasmo hasta el amanecer. Entonces se quedaron dormidos, así, bien puercos, embarrados de sudor y semen y mugre y hollín. Durmieron como dos marranos felices sobre aquel jergón asqueroso.

Magda tenía ladillas y se las pegó a Rey. Pero lo convenció de que era él quien las tenía y se las había pegado a ella. Y todo quedó así. A pesar de las ladillas y la bronca, estuvieron tres días encerrados, en una locura desenfrenada de amor, pasión y sexo. Gastaron los dólares que le quedaban a Rey y se alimentaron con ron, mariguana, cigarros, cerveza. Al cuarto día tenían una resaca abominable, estaban agotados, con calambres en los músculos, Magda creía que podía estar embarazada. A Rey le ardía la cabeza de la pinga y las perlanas estaban irritadas. A Magda le sucedía lo mismo en el bollo y el culo. Las ladillas habían procreado exitosamente con tanto calor y humedad, y se los

119

comían vivos. Tenían los estómagos asados y con gastritis. Y, por si fuera poco, sólo quedaban veinticinco centavos de dólar, cinco pesos al cambio.

Rey metió la mano en el bolsillo, y cuando comprobó que sólo tenía aquella monedita, se sintió bien. En realidad, le molestaba el dinero y no sabía qué hacer con él. Se acordó de su cumpleaños:

—Magda, ¿ya habrá pasado el siete de enero?

—¿Por qué?

—El siete de enero es mi cumpleaños.

—¿No me digas? ¿Cuántos cumple mi nené chiquito? Dime, que te voy a hacer una fiestecita con piñata y caramelos.

—Ah, no jodas. Contigo no se puede hablar.

Fue hasta él. Lo abrazó y lo besó. Ahora sí estaban hediondos y pestilentes, de tanto revolcarse en aquella colchoneta sudada, con chinches y piojillos. Por supuesto, ellos no lo percibían. Se sentían bien. Magda lo besó con tanto amor que logró ablandarlo:

—Dime, papi, ¿cuántos cumples? Yo creo..., déjame ver... Hoy es... Llegaste al amanecer del domingo cuatro y templamos sin parar el domingo cuatro, el lunes cinco y el martes seis. Hoy es miércoles siete de enero. ¡Hoy es tu cumpleaños!

—¿De verdad?

—Sí. ¿Cuántos cumples? Dime la verdad.

—Diecisiete.

—¡Coño, verdad que la vida te ha llevado a paso de conga! Parece que tienes treinta.

—Ah, no jodas.

—Bueno, da igual. Hay que celebrar.

—¿Celebrar con qué, Magda? Llevamos tres días celebrando. Cuatro días. Ya ni sé. Y me quedan veinticinco centavos en el bolsillo.

–Yo busco algo. Aunque sea pa'un poco de ron.

Ambos estaban realmente cochambrosos. Y rascándose. Entre las chinches, los piojillos y las ladillas, los tenían locos. Rey se paró en la puerta del cuarto y se le ocurrió mirar hacia el cuarto de Sandra. Estaba abierto. Fue hasta allí. Se asomó. No había nada. Vacío y abandonado. Se habían robado hasta los palos que servían para apuntalar aquella parte resquebrajada. Regresó y preguntó a Magda:

–¿Qué pasó en el cuarto de Sandra?

–Ni sé ni me importa.

–Pero... Magda..., ¿cómo no vas a saber?

–Tú debes saber mejor que yo..., cada vez que me acuerdo, me da una rabia por dentro..., tan bugarrón como eres.

–¿Yooo? No.

–Dicen que cogieron preso a ese maricón y vinieron a registrar. Yo no vi nada. Eso dijeron aquí.

–Pero ¿y todas las cosas de él? ¿El televisor, el equipo de música, el refrigerador? Sandra tenía de todo ahí dentro.

–Ya te dije que ni sé ni me importa. Si está preso, ojalá le metan veinte años.

–Ah, carajo, ¿por qué tú eres tan mala idea?

–Nada, nada. Muerto el perro se acabó la rabia.

Dieron fuego al último cigarrillo que les quedaba y se sentaron en la escalera. A esperar una idea. Magda no tenía dinero ni maní que vender. Rey, con veinticinco centavos en el bolsillo. Estuvieron mirando un charco de agua en el piso de abajo. Se había oxidado con unos hierros del derrumbe y estaba roja. Rey le dijo:

–Podemos vender veneno para cucarachas.

–¿De dónde vas a sacar el veneno?

–Esa agua roja parece veneno... en unas botellitas y listo.

—No comas mierda, Rey. Nadie compra veneno de cucarachas. ¿Qué le importan a la gente las cucarachas?

—Entonces, hay que buscarse un santico y pedir limosnas.

—Dos santicos. Uno pa'mí y otro pa'ti.

Salieron caminando. Parecían dos zombies. Subieron por Campanario hasta la iglesia de La Caridad. Allí estaban los santicos de yeso. Varias de aquellas figurillas, descabezadas y rodeadas de brujería, depositadas en la puerta de la iglesia. Agarraron dos. Les reajustaron la cabeza en equilibrio y probaron suerte allí mismo. Pero no. Nadie les dio un centavo. Fueron hasta Galiano, donde miles de personas pululaban mirando de tienda en tienda, y otros miles revendiendo de todo en la calle. Trapicha desde joyas de fantasía hasta zapatos de marca. Por allí la gente tendría dinero, pensaron. Y pidieron, con cara compungida, musitando cualquier cosa. Nada. Increíble pero cierto. Nada. Ni una moneda. Magda no tenía mucha paciencia para esto. Debía buscar como fuera diez o veinte pesos, para comprar maní y papel y dejar esta comemierdá con el muñeco. Se puso a mirar ansiosamente a unos viejos borrachines en el parque de Galiano y San Rafael. Ninguno mordió el anzuelo. Pero ella nunca se daba por vencida fácilmente. Fue hasta ellos. Si tenía que sacarles los pesos del bolsillo, se los sacaba del bolsillo, pero ella volvía al maní de porque sí. Saludó alegremente, provocó, sonrió. Puso cara de sexo anhelante. No logró nada. Estaban demasiado viejos y borrachos y la ignoraron totalmente. Rey observó de lejos. Y se burló de ella:

—Estás perdiendo cualidades..., jajajá...

—Me he abandonado demasiado. Me tienes reventá con tu templeta loca a todas horas. Además, ésos son unos viejos comemierdas, que no se les para ni con una grúa.

—Tú lo que estás muy viejuca. Yo estoy entero.

–¿Viejuca de qué? Tengo veintiocho años na'má.

–Parece que tienes cuarenta.

–Ah, ya, ya..., además, estoy buscando unos pesos para celebrar tu cumpleaños.

–Déjate de teatro. Estás buscando unos pesos para no morirnos de hambre.

–¡Qué malagradecío eres, muchachito! ¡Le salas la vida a cualquiera!

–Malagradecío no. Yo lo que soy durísimo, igual que la canción: tú no juegues conmigo, que yo sí como candela.

–Ahh, el bárbaro, El Rey de La Habana..., jajajá.

–¿Jajajá de qué? ¡Sí, El Rey de La Habana! Durísimo. No hay quién me ponga un pie alante.

–Tú eres un niñito, Rey. No te hagas el bárbaro. Te falta mucho por aprender.

–¿Y quién me lo va a enseñar, tú?

–Ni yo ni nadie. Tú eres un salao. O aprendes solo o te revientas.

–No tengo ma'ná' que aprender.

Hablando así fueron bajando por Galiano hasta Malecón. Un turista, con una gran mochila a cuestas y cara de susto, les preguntó por la Avenida Italia. No sabían dónde podía ser. Iban por Galiano. El turista se quedó desconcertado:

–¿Ésta es la avenida Italia?

–No, señor, ésta es Galiano. La Avenida Italia no existe.

–Ohh.

El tipo ganó en desconcierto. Ellos le pidieron una monedita para comer. El turista hizo un gesto de desprecio con la mano y siguió muy apresurado. Buscando desesperadamente la Avenida Italia. Quizás le iba en ello la vida.

Siguieron hacia el Malecón. Dos personas les dieron moneditas. Ahora tenían treinta centavos. Atardecía y la

123

mar estaba tranquila. Dos tipos lanzaban al agua sus neumáticos inflados. Pasaban las noches pescando, sentados sobre esas balsas, con el culo y los pies mojados. Flotaban a doscientos-trescientos metros de la orilla, y lanzaban un par de sedales con anzuelos y plomos. A veces aguardaban toda la noche en vano. En otras ocasiones agarraban algún buen ejemplar. Sobre todo si se colocaban exactamente sobre el canal de entrada al puerto. A menudo sólo cogían un manojo de pequeños peces. Al día siguiente los vendían. Ése era el sueño de Rey. Poseer una de esas balsas y pasar la noche silenciosamente, flotando en las aguas oscuras, palpando los sedales hasta que picara un buen peje. No sabía nadar. Pero podía aprender. Se quedó un tiempo absorto, mirando a los tipos, y soñando con tener sus aparejos y su balsa y con agarrar buenos pejes cada noche. Magda lo sacó de sus cavilaciones.

–Oye, dale, muévete.

–¿Pa'dónde?

–Vamos hasta la parada del camello.

Diez minutos después estaban sentados en la escalera de entrada de la capilla. Con los santicos en la mano. Los devotos de La Milagrosa entraban y salían y algunos les daban unas moneditas. Los camellos pasaban con frecuencia y cientos de personas subían y bajaban, medio histéricas, mirando con odio a alguien que le agarró una nalga o intentó meterle la mano en el bolso. Los que subían acumulaban energía para empujar y batirse. Los que bajaban respiraban y se relajaban, tranquilizando sus nervios. Magda, con el ceño duro y fruncido, se encontraba en su ambiente. Había tenido relaciones con unos cuantos conductores de los camellos. O tal vez ni tanto, pero al menos les había meneado el rabo por cinco pesos. Algo, en fin. Ahora, sin maní no era nadie. Llegó un camello, Magda buscó con la vista al conductor, y cuando lo reconoció, saltó como si tuviera un resorte en el culo. Se acercó a la ventanilla, hablaron en voz baja. Ella señaló hacia Rey. Volvieron a hablar. El camello se fue. Magda regresó sonriente y le dijo:

—Chino, te conseguí una pinchita.

—¿De qué?

—De estibador, en La Caribe.

—¡Coñoooó! ¿Estibando cajas de cerveza?

—Claro.

—Yo estoy muy flaco pa'eso. Y con mucha hambre.

—Pero estás fuerte, papi. Tú eres una tranca.

—¿Y cómo es eso?

—Ese tipo es mi socio y el hermano de él es jefe de almacén allí. Mira, me prestó veinte pesos pa'comprar maní y papel.

—Vamos a comer algo.

—¡Estos veinte pesos son pa'l maní! Lo que tenemos son..., no llega a tres pesos... Hay que seguir con los santicos. Y mañana vas a la fábrica.

—¿Y mi fiesta? ¿No dijiste que ibas a buscar dinero pa'celebrar?

—Celebramos otro día, mi amor. No me hagas gastar este dinerito.

Rey no respondió. Sólo tenía hambre. Un hambre de perro. Miró a su alrededor. En la esquina dos tipos vendían pan con croquetas y tomates. Tenían una gran bandeja apoyada en su carrito. Le dio su santico a Magda y le dijo:

—Aguántame esto. Te voy a esperar en el portal de Yumurí. Ve atrás de mí.

Fue fácil. Se acercó a los tipos. Les pidió cuatro panes. Hizo como si buscara dinero en el bolsillo. De repente agarró los cuatro panes y salió corriendo por Marqués González hacia arriba. Los tipos gritaron: «¡Ataja, ataja, que se lleva los panes, ataja!» Nadie les hizo caso. Rey corrió un par de cuadras como alma que lleva el diablo. Se detuvo. Nadie lo seguía. Salió a Belascoaín. Se sentó en un portal y se comió los cuatro panes. Por poco se atraganta. En un bar le dieron un vaso de agua. Subió hasta Reina y Belascoaín y se sentó en el portal del correo a esperar a Magda. Ya era casi de noche. Llegó una hora después, riéndose:

—¡Eres un loco, papi!

—Me los comí los cuatro, así que compra algo pa'ti.


Al día siguiente Magda lo despertó demasiado temprano. Aún era de noche. Él, como siempre, con la pinga parada, tiesa, deseosa de encontrar un hueco donde introducirse para escupir la leche sobrante. Nada. Magda no le permitió semejante devaneo.

—Dale, dale, que después te cogen las diez de la mañana sin salir de aquí. Templamos por la noche.

—Coño, no jodas. Dale una mamaíta aunque sea.

—Si le doy una mamaíta me la meto yo misma hasta por el culo. ¿Tú crees que yo soy de hierro o qué? Arriba, levántate y vete. Coges el camello que va por cincuenta y uno y te quedas en La Polar.

—¡Uh, cojones! Hoy pareces un general.

—General ni pinga, que me estás cansando con tu vagancia. Lo único que quieres es templar. Con la barriga vacía pero templando diez veces al día. No puede ser.

Llegó a la fábrica a las siete de la mañana, sin lavarse la cara ni tomar café, sucio y con la pinga medio parada porque en el camello aprovechó para pegársele a una negra con un culo grande y duro. Cuando la negra percibió aquello, se recostó para atrás, y cuando Rey se bajó ya tenía la leche en la puntica, pero hasta ahí. Ahora casi temblaba y le dolían los huevos. Buscó a un viejo grande y gordo con cara de borracho empedernido. Allí todos tenían pinta de borrachos habituales, pero aquel viejo al parecer nació con la botella en la mano. Era un viejo especial. Lo miró con cuidado de arriba abajo, con desaprobación, y le dijo:

−¿Tú eres el que manda Carmelito?... Cada día estamos más jodíos en este país. Todo lo que sirve se ha ido pa'l carajo... Ven pa'cá.

Lo llevó por un pasillo hasta una oficina. Le indicó una silla:

−Ahora, cuando venga la muchacha, le das tu tarjeta de identidad y que te ponga en la plantilla del almacén. Un mes a prueba, no creas que estás fijo.

−No, no, qué va.

−¿Qué va de qué?

−Es que no tengo la tarjeta de identidad aquí.

−No la tienes ni aquí ni allá.

−Uhm.

−Bueno, entonces tu bisnecito es conmigo directo. Y vas a salir mejor. Te doy todos los días diez pesos. De mi bolsillo. ¿Está claro? Y cierra el pico. Lo que tú veas en el almacén, sea lo que sea, no te interesa, no viste y no sabes. ¿Estás claro?

−Sí, sisisisisí.

−Exacto. Vámonos.

Un momento después Rey cargaba cajas de malta y de cebada en el almacén. Había que ponerlas en una pequeña vagoneta eléctrica que las llevaba al departamento de fermentación. No era difícil. Solitario en aquel almacén enorme. El tipo de la vagoneta no hablaba. Una hora después el hambre le apretó las tripas. Buscó al viejo gordo. El tipo no apareció. Siguió cargando cajas y sudando. A las diez de la mañana creía que iba a perder el conocimiento. Estaba muy débil. Y rascándose. Las ladillas se entusiasmaban con el calor y el sudor. Y picaban más y mejor. Al fin reapareció el viejo gordo. Rey, desfallecido, le dijo:

—Óigame, señor, me hace falta comer algo, porque...

—Ah, sí, sí, se me olvidó. Agarra por este pasillo. Al final hay un kiosco. Allí venden croquetas y refrescos.

—Uhmm.

—¿Qué?

—Uhm..., no tengo dinero.

—Coño, compadre, pero habla. Habla, que nadie es adivino. Toma. Cinco pesos, una monjita, por la tarde te doy la otra.

Rey comió croquetas. Almorzó arroz con chícharos. Estibó cajas todo el día. A las cinco de la tarde cobró el resto de su dinero. Olía a perro muerto. El viejo gordo le alcanzó el billete desde lejos y le preguntó:

—¿Vas a venir mañana?

—Sí, cómo no.

—Bueno, no te ofendas, pero... báñate, acere, báñate, porque estás echando candela.

—Uhmm... ¿Aquí hay baños?

—Hay duchas allá atrás, pero no tienen agua, eso es de cuando El Morro era de madera.

—Uhmm.

—Mira, coge un cubo de agua, en fermentación, y vete pa'llá'trá y báñate.

—Está bien.

—¿Y te vas a quedar con esa ropa hedionda? Bueno..., allá tú.

Ese día Rey se fue limpio, aunque con la misma ropa asquerosa. Al día siguiente el viejo gordo le regaló un pedazo de jabón, al otro día una camiseta limpia. Al otro día un pantalón. Al otro día lo llevó al médico de la fábrica

para que le curaran las ladillas y la sarna. A la semana Rey
tenía mejor aspecto y el viejo gordo le dijo:

—Rey, en el almacén no tienes búsqueda. Trabajar por
diez pesos al día no es un buen negocio.

—Uhmm.

—¿Quieres pasar a estiba de producción?

—¿Qué es eso?

—Estiba de producción.

—Ah.

—¿Quieres o no quieres?

—Uhm.

—Vamos.

Fueron a la fábrica. Embotellaban cerveza. La tecnología de latas aún no había llegado. El ruido de las botellas
chocando entre sí en la línea. Las mujeres tenían caras jóvenes y ajadas. Mulatas y negras sabrosonas, alegres y suda-
das, jodían mucho con los estibadores. Había buen ambiente de relajo. Y las botellas salían unas tras otra. Había
que colocarlas en las cajas. Las cajas en los palets. Los montacargas se llevaban los palets. Y venían más y más botellas.
Unos negros fuertes y sudados estibaban aquellas cajas.
Cinco o seis negros. Lo miraron un poco torvos, y siguieron. El viejo gordo lo ubicó con dos negros. No había que
trabajar aceleradamente. Se podía hacer con un ritmo cómodo, pero sin detenerse. Había que llevar el ritmo de la
embotelladora. A veces tenían que cargar un camión directamente. Y los negros se apresuraban más. El camión se iba
subrepticiamente, con cierta intriga. Y ellos seguían con
los palets y el montacargas llevando cajas para el almacén.
Mucho ruido. No se podía hablar. Si había que decir algo
era gritando. A Rey le dio deseos de cagar. Se aguantó. No
se podía cagar. Le dio más deseos aún. Oh. Apretó bien el
culo y aguantó. Sintió que se iba a cagar en los pantalones.
Por supuesto, no tenía calzoncillos. Jamás había usado cal-

zoncillos. ¿Tendría que cagarse en los pantalones? No. Le gritó a uno de sus compañeros:

–¡Oye, me estoy cagando! ¿Dónde se puede cagar por aquí?

–Nonononono.

–Nonononono ¿qué? Me estoy cagando, cojones. ¿Tú no me oyes? ¿Dónde se puede cagar?

–Hasta que toque el timbre. Cuando toque el timbre puedes ir.

–Vete pa'l recoño de tu madre, ¿quién repinga eres tú? ¡Me voy a cagar por mis cojones!

Rey fue a bajar de la tarima de estiba, situada a unos dos metros del piso. El negro lo agarró brutalmente por el pescuezo y le sonó un piñazo duro:

–Te dije que no te puedes ir. Cágate en los pantalones.

Rey apretó el culo. Y se puso igualmente brutal. Le pegó un buen pescozón al negro, pero el tipo era de hierro. No sintió nada y agarró una botella. El otro negro intentó aguantarlo, pero el tipo se zafó y trató de asestar un botellazo en la cabeza. Rey esquivó. El negro perdió el equilibrio. Rey lo empujó con fuerza. El tipo cayó hacia atrás, de culo, en el mismo borde de la tarima. No pudo sostenerse y se precipitó al piso. Dos metros. Cayó de espalda. Golpeó duro. Al parecer se jodió un hueso. Intentó levantarse. No pudo. Se quejaba. La línea de producción seguía soltando botellas y cajas. Los otros no podían detenerse para auxiliar al tipo en el piso. Rey por poco se caga en los pantalones. Salió corriendo para una esquina, detrás de unas cajas de cerveza, y cagó. Cagó mucho y bien. Uf. Creyó que había terminado. No. Cagó un poco más. Listo, ahhh. No tenía con qué limpiarse. Con la mano. Se limpió lo mejor posible con los dedos, y a su vez limpió los dedos en el piso. Se puso el pantalón y salió. Ya auxiliaban al tipo caído. Tenía algo roto y le dolía mucho. No podía levantarse por sí solo. Se lo llevaron cojeando. El negro le gritó algo, pero él no lo oyó, y tampoco le prestó atención. Volvió a su puesto. No miró a nadie. Y siguió trabajando.

Por la tarde el viejo gordo lo llamó aparte. No le mencionó nada del incidente. Le dio cincuenta pesos.

—¿Y esto?

—La búsqueda de hoy.

—¿Qué búsqueda?

—¿Tú no ayudaste a cargar cuatro camiones?

—Sí.

—Eso es pa'nosotros. Cada vez que entre un camión hay que cargarlo rápido y que se vaya.

—Uhmm.

—Si viene algún inspector de la empresa, tú no sabes ná ni has visto ningún camión aquí.

—Nosotros na'má' tiramos pa' los palets y el montacargas.

—Exacto.

—Uhmm.

Cincuenta pesos al día era otra cosa. Todos los días entraban tres o cuatro camiones. El tipo de los golpes no apareció más. Los otros se ablandaron un poco. Magda también se tranquilizó cuando vio que Rey regresaba todos los días con cincuenta pesitos. Ya no protestaba y hasta le lavó la ropa alguna que otra vez y cocinaba algo de vez en cuando. Boniatos hervidos y un aguacate. O arroz blanco y una yuca sancochada.

Una tarde, cuando terminaron, uno de los negros se le acercó:

—Oye, mulato, tú siempre te vas echando en cuanto toca el timbre. Y esto no es así. Hay que compartir con los amigos.

–Uhm.

–Dale, ven con nosotros.

–¿A qué?

–Tenemos unos lagues fríos allá abajo, acere.

Fueron al sótano. Escondidos detrás de los motores tenían un gran tanque con pedazos de hielo y muchas botellas de cerveza helada. Los cinco negros estibadores parecían boxeadores peso completo. Tres tenían las narices con el tabique roto. Otro tenía un gran navajazo por la mejilla hasta el cuello. Todos con muchos tatuajes. No era necesario que hablaran. Bastaba con la mirada y el silencio. Cada diez minutos los enormes y antiguos compresores se disparaban y el zumbido no permitía hablar ni escuchar música. Entonces bebían solamente. Los compresores chirriaban unos minutos y se detenían. Diez minutos de música. Y de nuevo se lanzaban a zumbar y a disparar frío por las tuberías hacia arriba. Ya habían bebido unas cuantas botellas. La fábrica fue construida en 1921. Y todo era de entonces: el edificio, los compresores, la tecnología, la peste a humedad, moho y orina, las cucarachas. Entonces aparecieron tres mulatas. Venían directamente de la línea de producción al sótano. Se quitaron los gorros y los tapabocas de tela verde, sonrieron, saludaron, y bebieron cerveza. Dos estaban un poco ajadas y con los dientes destruidos. Pero la más joven se veía muy bien. Un culo duro, senos pequeños, delgada, y con un rostro aceptable. Todo bien. Bebieron más cerveza, y a bailar. Casino, por supuesto. Del mejor, del perfecto. Unas veces con la música del radio y otras con los compresores. Se hacía de noche. Encendieron una bombilla con luz escasa y mortecina. Los compresores se disparaban y no se oía la música, pero las mulatas y los negros seguían bailando. Por inercia. Bailaban con el ronquido de los viejos compresores, y se divertían en aquel sótano húmedo, apestoso a moho y a cucarachas, lleno de compresores y tuberías, casi sin luz, pero la cerveza era interminable. Bien helada. ¡Oh, sí, qué buena es la vida! Alguien preparó dos cigarritos de hierba, y circularon. Uhmm, muy bien. Sabrosa hierba de Baracoa. Dos cigarritos más. Y circularon. Y más cerveza. A las mulatas se les fue la hierba y el lague para la cabeza. Empezaron a desnudarse. Suavemente. Provocativamente. Sin prisa. Las tres. Se quedaron en bragas. Rey quedó absorto, mirando a la más joven. Las otras dos habían parido y tenían las tetas y la barriga un poco flojas. Los culos sí eran inmejorables. Duros y muy bien colocados. Ohh. Tuvo una erección formidable. Cuando miró a su lado, los cinco negros se pajeaban, suavemente, sin prisa. Todos borrachos. ¡Riquísimo! ¡Esta gente está fuera de liga! Él también desenvainó su material. Las mulatas seguían bailando sensualmente, admirando las espléndidas pingas oscuras. Se acercaban, acariciaban alguna. Se bajaron las bragas. Quedaron totalmente desnudas. Los negros se pusieron brutos y querían meter al mismo tiempo las cinco pingas en los tres bollos. Pero evidentemente era imposible. Ellas querían probar. Tal vez era posible. Rey se quedó pajeándose suave, sin prisa, observando. Una de las mulatas tomó la iniciativa:

—No, quiero verla, dentro no, dentro no. Échala en mi barriguita, ven. Aquí en las tetas.

Ya no pudieron resistir más. Era demasiado. Uno soltó todo su semen sobre la barriga y las tetas de aquella que lo pedía. Los otros no pudieron aguantar más y ahh, mucha leche. Cinco pingas disparando al mismo tiempo sobre tres vientres. Rey se contuvo más. Los otros terminaron y entonces Rey se levantó, meneándola aprisa. Los compresores estaban chirriando y zumbando. No se escuchaba nada. Rey les indicó que se pusieran una junto a la otra. Él tenía los ojos chinitos, ellas también. La orgía de la leche. Las tres se frotaban el semen que corría por sus vientres. Entonces Rey disparó su chorro. Un poco para cada una. Como una ametralladora. Fuerte. Potente. Ah, qué bien. Todos respiraron profundamente. Guardaron sus tarecos. Las mulatas se vistieron, muy divertidas, todos riéndose. Y siguieron bebiendo. La cerveza estaba helada. Y sabrosa. Muy sabrosa.

La curda fue en grande. Las mulatas y dos tipos se fueron. Rey y los otros tres se quedaron. Hasta el final. Buscaron en el fondo del tanque. Aún quedaban unas cuantas botellas. Siguieron bebiendo. Cuando no pudieron más, se tiraron por allí a dormir. Por la mañana, uno logró despertarse, levantó a los otros, subieron las escaleras y fueron a trabajar. Llegaron con media hora de retraso. La línea de producción atascada. Esperaban por los estibadores. Dos no podían hacer el trabajo de seis. El director de la fábrica, furioso, impartía órdenes tajantes al viejo gordo. Comenzaron su trabajo con una gran resaca, a media máquina. Llegó un camión, pero no pudieron cargarlo. El viejo gordo, asustado, le pidió que se fuera vacío cuanto antes. El director seguía dando vueltas y órdenes. Preguntó por aquel camión. Le dijeron cualquier cosa y se lo creyó. Todo bien. La línea de producción comenzó a moverse con más rapidez. Todo mejor. El director se fue. Al mediodía, durante el almuerzo de arroz con chícharos, el viejo gordo se le acercó. La resaca y el sueño lo tenían reventado y con dolor de cabeza.

—Rey, ¿qué pasó anoche en el sótano?

—Nada.

—¿Cómo que nada?

—Nada.

–Rey, yo sé lo que pasó. El director me pidió que los bote a todos esta misma tarde. Rey, usa la cabeza. Yo no quiero botar a nadie, pero no se pueden aparecer a las ocho y media, borrachos.

–Borrachos no.

–Borrachos sí.

–Yo no puedo trabajar con gente que me dé pérdidas. No los voy a botar, pero eso no puede suceder de nuevo. ¿Okey?

–Okey.

–Se meten todos los lagues que ustedes quieran. Aquí todos bebemos en tranca. El día entero bebiendo. Pero los hombres tienen que saber beber. Nada de andar en cuatro patas. ¿Okey?

–Okey.

Durante la tarde Rey trabajó a media máquina. Los negros boxeadores habían asimilado, y lanzaban las cajas de botellas como si fueran pelotitas de papel. Rey andaba como un ratón envenenado. Al fin sonó el timbre, a las cinco de la tarde. Rey salió con el tropel de obreros por la puerta principal. Los hombres discutían de béisbol: «Omar Linares tenía que estar ahí. Nananá, siempre son los mismos. Sí, pero ése resuelve.» Rey jamás había visto un partido de béisbol. A lo mejor una de estas noches iba al estadio Latinoamericano. No sería mala idea. A ver si entendía algo. En el fondo no le interesaba, pero quizás. Bueno, uf, sólo quería dormir un poco ahora. Alguien le agarró la mano. La mulata bonita caminaba a su lado, sonriente:

–¿Qué vas a hacer? ¿No hay fiesta hoy en el sótano? Jajajá.

–Me voy a dormir. Estoy muerto con lo de anoche.

–Ah, que no se diga..., ¿tú eres flojo de pata o qué?

–Tú te fuiste, pero nosotros seguimos hasta el final.

—¿Cuántas cervezas te tomaste?

—Trescientas.

—Más la hierba.

—Uhm.

—¿Cómo tú te llamas?

—Rey. ¿Y tú?

—Yunisleidi.

—Bueno, Yuni, mañana te veo.

—No, nada de mañana. Vamos conmigo, tú verás que se te quita el cansancio.

—Mamita, tú estás riquísima, pero...

—Y tú eres tremendo loco. ¿Tú sabes para dónde te llevo?

—No.

—¿Entonces? ¿Por qué protestas? Vamos.

Subieron al camello, en La Polar. A empujones lograron subir. Bajaron en el parque de La Fraternidad. Durante todo el trayecto, Yunisleidi fue abrazada, besando y calentando a Rey. Ahh. ¡Qué maravilla, Goyo! ¿De qué te quejas, Reynaldito? ¿Con una mulata de lujo y quejándote?

Yunisleidi tenía alquilada una habitación en un tercer piso en la calle Monte. Pequeña, pero fresca, con un balcón a la calle y un pequeño baño. Una llave de agua, un infiernillo de kerosene. Todo muy limpio. Rey comprendió que no era habanera. Hablaba con un cantaíto simpático.

—¿De dónde tú eres?

—De Las Tunas.

—Ah.

—Alquilé aquí con mi hermano, pero él anda en lo suyo y no me resuelve nada. A veces me paso dos o tres días y no lo veo. ¿Tú eres habanero?

—Uhmm.

–¿Habanero, habanero?

–Uhm, uhm.

–¿Y tienes tarjeta de identidad con dirección de La Habana?

–¿Tú eres policía o qué volá contigo?

–Titi, si tú eres palestino no puedo cargar contigo. Conmigo basta y sobra.

–Yo soy habanero. Legítimo.

–Ay, menos mal, porque en La Habana nadie es de La Habana.

–¿Qué tú quieres?

–Tengo que dejar esa fábrica. Ayúdame por las noches...

–¿En qué?

–La policía. Ya me conocen. Y eso que sólo llevo un mes aquí. Si me paro en el Malecón, frente al Riviera, en cualquier lugar. Ahí están arriba de mí, con su jodienda, que si jinetera, que si qué sé yo. Ya tengo tres actas de advertencia y están al mandarme para Las Tunas.

–Chica, cómo tú hablas, cojoneee... ¿Qué tú quieres?

Yunisleidi lo abrazó, lo besó, lo desnudó, lo lanzó sobre la cama, admiró las hermosas perlanas en la cabeza de su pinga, lo chupó por todas partes, se arrebató con aquellas perlas prodigiosas. Ella misma se la metía y se la sacaba por todos los huecos posibles. Genial. Sencillamente genial. Se entregaba con alma, corazón y vida, como la ranchera, y le gritaba:

–¡Ay, me voy a enamorar de ti, cabrón! ¡Tiémplame todos los días! ¡Eres un loco! ¡Eres un loco! ¡Ayyy, esas perlanas me arrebatan, me estás deslechando, métemela más, más, más, hasta el fondo, titi!

La gran locura. Yunisleidi era alegre, comunicativa, amorosa, tenía un hijo de tres años en Las Tunas. Lo cuidaban sus abuelos. Ella desde aquí mandaba dinero. Ah, pero nada, si no lo decía, parecía virgen. Le habló de su hermano:

—Vinimos los dos para La Habana porque allá nos morimos de hambre. A luchar aquí. Él es pinguero. Es un arrebatao. Yo no sé cómo puede. Rey, mi hermano trajo la otra noche a un viejo maricón, no sé de dónde porque yo no le entendía nada. Mi hermano sí le entendía. Dice que lo empató en el Nacional. El viejo de plata. Estuvo dándole pinga más de dos horas. Yo no sé cómo puede..., argh..., tremendo estómago.

—No te hagas. Tú también te tiemplas al que sea.

—No es igual. Yo abro las patas y cierro los ojos. Pero el hombre tiene que..., verdad que aquel viejo le dio cien faítos.

—¿Cien?

—Quería pagarle cincuenta, pero mi hermano le agitó cincuenta más. Si el viejo no suelta el billetaje, Carlos le entra a pescozones. Todos mis hermanos son iguales. Brutos y salvajes...

—¿Cuántos son?

—Nueve. La única hembra soy yo. Y Carlos es el más civilizado. Por lo menos fue a la escuela y..., vaya..., habla y eso...

—Yuni, no hables tanto que me mareas. Pon música.

Yunisleidi puso el radio. Salsa. Mucha salsa, y se vistió un poquito: un shorcito y un tope mínimos, mínimos. Se le veía un pedacito de los pezones, y la cuarta parte de las nalgas. Era un cráneo aquella mulata. Bajó a buscar ron y cigarrillos. Trajo un puro para Rey:

—Me gustan los hombres que fuman tabacos. Dale fuego y bebe ron. Me gusta verte bien macho y yo ser tu hembra, y que me des pinga diez veces al día. Y ser tu puta. Voy a trabajar pa'ti, papi. Te voy a poner a vivir como un rey.

—¿Tú sabes cómo me dicen?

—¿Cómo?

—El Rey de La Habana.

—Tenía que ser. Pero tú vas a ser mi rey. Mi rey particular. Tienes una pinga de oro. Y voy a vivir pa'ti, papi. Estoy enamorada de ti como una perra. Eres un loco...

—Ya, Yuni, ya. No seas empalagosa. Déjame oír la música.

—¿Quieres que te cocine algo? Hay pan y huevos. Y te voy a lavar esa ropa. Quiero que estés siempre limpio y perfumado.

Lo abrazó de nuevo, besándolo:

—Y en cuanto levantemos unos pesos, te voy a comprar una cadena de oro, una sortija y un reloj, y bastante ropa. Tú vas a ser mi rey, muchacho, tú vas a ver.

—¡Yuni, ya está bueno, no hables más, cojones! ¡Eres una melcocha!

—¿Y eso es malo? ¿Es malo ser una melcochita con mi maridito rico?

—Uhmmmm.

Yunisleidi frió huevos. Lavó la ropa de Rey. Limpió el cuarto esmeradamente. Planchó algo. Se bañó. Se dio barniz en las uñas. Era un remolino imparable y le encantaba tener un macho y jugar a las casitas. Tarareaba alegre, sonriente, al son de la salsa radial. Ah, se puede ser feliz con tan poco, el cerebro en baja, con pocas revoluciones por minuto. La buena vida. Yunisleidi revoloteando alrededor de Rey, como una mariposa nocturna fascinada por la luz:

—Ya tienes el baño listo. Báñate. Te pones ropa de Carlos y nos vamos.

—¿Pa'dónde?

—Al Malecón, a los hoteles, por ahí. Dale, no se puede estar pasmao aquí. Hay que luchar los faos en la calle. Vamos, báñate.

—¿Y tengo que bañarme?

—Claro, chino, estás sudadito del trabajo, de la templeta..., ay, papi, yo creo que la gente en La Habana no se baña mucho..., en Las Tunas...

—En La Habana no hay agua.

—¿Y cómo aquí sí hay agua?

—Suerte la tuya. Yo nunca he vivido en un lugar con agua.

—Bueno, báñate. Yo en Las Tunas me bañaba dos o tres veces al día...

—Ya, ya, cojones, deja la trova. Voy a bañarme.

Rey entró al bañito diminuto. Yuni le alcanzó toalla, ropa limpia. En ese momento tocaron a la puerta. Era Carlos, un ejemplar perfecto de macho oriental: alto, musculoso, fuerte, con voz recia, pelo en pecho, cabello negro ensortijado, mandíbula cuadrada, manos grandísimas, gruesa cadena de oro con un medallón de Santa Bárbara. Venía acompañado. Un marinero jovencito, blanco, muy delgado, tripulante de un buque escuela surto en el puerto. Hablaba un poquito de español y le brillaron los ojos cuando vio a Yunisleidi vestida tan vaporosamente, casi desvestida. Venían medio curditas y se sirvieron más ron. Carlos ni miró a Rey. Lo ignoró. Rey no abrió la boca. Se mantuvo aparte. El marinero, Carlos y Yuni bebiendo, sonriendo, hablando por señas en el balcón. A los pocos minutos Carlos le preguntó al marinero:

—¿Te gusta?

—Sí.

—Acuéstate con ella. Cama. Ahí, ustedes dos...

—How much? ¿Cuánto?

—Después arreglamos. ¿Tienes dinero?

—¿Eh?

—Dinero, faos, dollars, dollars, ¿tienes?

—Oh, yes. Oh, sí.

140

–Dale, Yuni. Es tuyo. Vuélvelo loco que yo me ocupo de lo demás. ¿Y este tipo?

–Ay, Carlos, déjame tranquilo a Rey, que ése es mi marido.

–Es que tú todos los días tienes un marido nuevo, vaya..., ponte pa'las cosas.

–Bajen, bajen un ratico. Después yo los llamo.

Yuni ya desnudaba al marinero. Y daba instrucciones a los dos hombres.

–Con este guacarnaco no me demoro ni quince minutos. Bajen y tomen ron.

–Yuni, tú eres un poco marañera. Y no quiero meterte un pescozón. Me llamas para cobrar yo. ¿Está claro?

–Sí, Carlos, sí. Dale, bajen.

Rey y Carlos bajaron. Optaron por comprar otra botella de ron y sentarse en la acera a beber tranquilamente, bajo el balcón. Cuando bebieron un par de tragos, ya eran amigos. Carlos tomó la iniciativa:

–No le hagas mucho caso a Yuni. Desde niña es así. Se enamora y se desenamora todos los días. A los ocho años se enamoró de un vecino de nosotros, allá en el pueblo. Un hombre de casi cincuenta años. Aquello fue tremendo porque el tipo quería que mis padres se la dieran para acabar de criarla y después casarse.

–¡Cojones, ¿con ocho años?!

–Yuni siempre ha sido más caliente que una plancha. Bueno..., mi padre no quería, pero ella de todos modos se fue con el tipo y vivió con él dos años. Dejó de ir a la escuela. Todo el tiempo metida en casa del vecino.

–Pero...

–No, eso aquí en La Habana no se usa, pero Oriente es otra cosa. Eso es normal. Mi madre empezó con mi padre con diez años. Ella con diez y él con treinta. Y tuvieron nueve hijos. Ahí están, enteros los dos y bebien-

141

do ron y dándole a la hierba, jajajá. ¿Tú nunca has ido a Oriente?

–No.

–Ah.

En menos de media hora bebieron la botella. Buena curdita. Carlos resopló.

–Oye, habanero, vamos a subir, porque Yuni se está demorando demasiado. Eso era un culaso na'má. Vamos a ver qué está haciendo.

Subieron, trastabillando un poco, escaleras arriba. Tocaron. Yuni abrió. Estaban desnudos. El marinero, ebrio, sobre la cama. Yuni se cubrió con una sábana y le susurró a Carlos:

–Ay, es que no se le para. No hemos podido hacer nada.

–Pues que pague y se vaya. Yo le voy a quitar la borrachera.

Y diciendo y haciendo. Carlos era un tipo impetuoso y brutal permanentemente. No sabía actuar de otro modo. El fuego le salía por los ojos. Fue hasta la cama, agarró al muchacho por los hombros y lo estremeció:

–Oye, me debes cincuenta faos. Paga y vístete para que te vayas.

–¿Ehh?

–Cincuenta faos. Dollars. Cincuenta. Paga y vete.

–¿Eh?

El joven, con los ojos semiabiertos, intentaba comprender por qué lo estremecían. Al fin entendió:

–Yo no. Nada de sexo. Yo no.

–Pues paga. Cincuenta. Dollars. Dale, cojones, no me hagas ponerme bruto. Paga.

–Nada de sex. Rien de sex. Nothing, nothing.

–Cincuenta, cincuenta dollars.

–No money, rien de sex, niente, niente.

142

Intentó levantarse para alcanzar su ropa. Carlos lo aplastó contra el colchón con una de sus manazas. Y fue hasta la ropa del marinero. Trastabillando un poco. Estaba borracho. Encontró una cartera: siete dólares y calderilla, dos preservativos. Lanzó todo al piso:

—Ah, este tipo se burló de mí. ¡Se quemó!

Le fue arriba al marinero y lo sopapeó:

—Oye, descarao, busca cincuenta dólares o te reviento contra el piso. ¿No te ves muy comemierda pa'burlarte de mí?

El marinero reaccionó y le indicó que aguardara un momento. Se levantó, mareado, desequilibrado, fue hasta su ropa, y del bolsillo de la camisa extrajo una navaja. La abrió y trató de atacar a Carlos. Era cómico: un tipo flaco, blanco como el papel, debilucho, desnudo por completo, intentando atacar con una navajita a aquel troglodita. Todo sucedió en segundos. Carlos le dio un pescozón que lanzó al tipo sobre la cama y le hizo perder la cuchilla. Carlos no le dio tiempo a recuperarse. Con mucha furia se precipitó sobre él, lo envolvió en la sábana, lo cargó como si fuera algodón de azúcar y lo lanzó por el balcón hacia la calle.

Yunisleidi y Rey se quedaron boquiabiertos. Yuni habló:

—Ay, Carlos, ¿qué tú has hecho?

—Que no se burle de mí. Es un comemierda.

—¡Carlos, lo mataste!

—¿Tú crees?

—¿Cómo que si creo? ¡Carlos, lo mataste! ¡Hay que irse de aquí, pero ya!

Yunisleidi se vistió en un instante, agarró su bolso y dirigió la operación: salieron al pasillo. Al fondo había una ventana. Saltaron por allí a la azotea del edificio colindante. Corrieron. Saltaron una baranda y cayeron en otra azotea, llena de escombros, de un edificio muy arruinado. Había una escalera desvencijada. Bajaron por allí hasta la calle. Salieron a veinte metros del marinero despetroncado contra la ancha acera de la calle Monte. Mucha gente le rodeaba. No pudieron verlo. Los curiosos se acercaban por decenas. Ellos siguieron caminando aprisa hacia la estación de ferrocarriles. Iban muy asustados y habían perdido la borrachera. Un tren salía hacia Guantánamo en dos horas. Carlos ni lo pensó:

–Yuni, vamos a regresar para la casa.

–No. Rey y yo nos vamos para Varadero. Vete tú para la casa y refresca. No te aparezcas en La Habana por lo menos en un año.

Yunisleidi abrió su bolso y le dio dinero. Se besaron en la mejilla, como buenos y dulces hermanos.

–Cuídate, Carlos, no hagas más barbaridades.

–Cuídate tú también. Habanero, cuida a la niña.

–Uhm.


Yunisleidi y Rey estuvieron toda la madrugada escondidos, agazapados en un edificio en ruinas cerca de la estación. Por la mañana buscaron algo en que ir para Varadero. Nada. A la playa sólo dejan entrar en taxis estatales, muy caros.

–Además, a ustedes no los dejan entrar –les dijo el taxista.

–¿Por qué?

–Tengo que dejarlos en el puente y de allí no los dejan pasar..., vaya, no es que ustedes parezcan jineteros ni ná, pero... tú sabes...

Al fin consiguieron ir hasta Matanzas. Yunisleidi habló con un camionero. Ella fue delante, en la cabina. Rey atrás. El camión transportaba arena. En la cabina sucedió algo un par de veces. El camión se detuvo a la orilla de la carretera y se escuchó al chofer resoplando. «Uhm, mejor ni me asomo a ver», pensó, molesto porque tenía arena hasta en el culo. En Matanzas el tipo los llevó a un amigo de él, chofer de una hormigonera. Les pidió diez faos. Yuni le dijo que cinco. Está bien, cinco. Se metieron dentro del trompo de la hormigonera. Por supuesto, dentro había restos de cemento y arena resecos. Nada cómodo. El camión paró en el puente levadizo. Control, revisión, todo bien. A nadie se le ocurrió mirar dentro del trompo. Siguieron. El tipo los dejó en la Cuarenta y dos. Cobró sus cinco faos y chau, si los vi ni me acuerdo.

A Rey le pareció bonito el lugar. Al menos había mar y poca gente. Yunisleidi, muy decidida, salió caminando hacia una de las casas cercanas.

—Yuni, ¿tú conoces esto?

—Claro, Rey. Pero la policía siempre me agarra.

—¿Y te sacan?

—Tres veces me han sacado, y cartas de advertencia y jodienda. Ésta es la cuarta. Si me agarran me tiran pa'dentro.

—¿Y qué vas a hacer?

—No preguntes tanto.

Fueron a casa de una negra gorda y fuerte, con aspecto de matrona experimentada.

—Mi amor, tú sabes que aquí sólo se quedan las muchachitas. Yo no puedo alquilarle a un hombre.

—¿Y qué le voy a hacer? Él es mi marido. ¿Lo dejo en la calle?

—Mijita, los maridos se quedan en la casa con los niños. Las putas no pueden andar con maridos a retortero, jajajá.

El chiste no le hizo gracia a ninguno de los dos. Finalmente acordaron que por tres dólares diarios se hospedaba

Yuni en un catre, en una habitación grande con otros nueve catres y sus respectivas muchachitas. Rey se quedaría en otro catre, colocado en un pasillo, al fondo de la casa. Yuni sacó cuentas. Tenía suficiente para pagar diez días. Pero se pagaba día a día, nada de adelanto. Okey. Descansaron un poco. A la diez de la noche salieron. Dieron un paseo de reconocimiento, por la Avenida Primera, cerca de los hoteles. Yunisleidi se había bañado. Sus colegas le prestaron perfumes, cosméticos, una blusa transparente. Estaba coqueta y deliciosa como una tartaleta de chocolate. Rey, como siempre, con su aspecto desaseado y los ojos abiertos y azorados. No consiguieron nada. A la una de la mañana, extenuados, fueron hasta la autopista del Mar del Sur. Había luna llena y buena brisa. Unas pocas nubes oscuras corrían hacia el sudoeste. La noche azul. El mar oscuro y plateado, tranquilo e infinito, reflejando la luna. Todo calmo y silencioso, con un buen olor a salitre y yodo, a mariscos y algas. Fueron hasta la orilla del agua. Los enormes poliedros rompeolas parecían juguetes gigantescos. Sobre uno de ellos se habían posado diez o doce gaviotas blancas. Al parecer dormían. Ni se movieron cuando ellos se acercaron. A lo lejos las llamas naranjas del gas en los campos de petróleo daban una iluminación adicional y un poco soñadora. Un buque, apenas alumbrado, salía lentamente del puerto de Cárdenas. Se sentaron junto al agua, silenciosos, a mirar aquel panorama extraño y brillante. Algún que otro auto pasaba veloz por la autopista, y de nuevo el silencio y el leve rumor de las olas en la orilla. Estuvieron un rato sin hablar. Rey rompió el silencio:

—¿Qué cojones hago yo aquí?

—¿Tú? Que eres mi marido y me tienes que cuidar.

—Yo estoy pa'que me cuiden a mí.

Una mancha de sardinas se acercó a la orilla. Saltaban en la superficie. Pequeños hilos plateados reverberando en el agua. Miles de cápsulas plateadas saltando, casi al alcance de la mano, brillando. Una nube densa y negra cubrió por un instante la luna. Todo se oscureció de repente y las sardinas, asustadas tal vez, se hundieron y desaparecieron. La nube pasó y todo volvió a ser hermosamente azul y refrescante.

—Rey, ¿por qué no te bañaste esta tarde y te cambiaste...?

—Ni tengo ropa, ni me gusta bañarme, ni me gustan las candangas arriba de mí. Yo hago lo que me sale de los cojones.

—No es candanga, papito. En este negocio hay que estar limpio y presentable, chinito.

—Ya, ya.

—Ya ya, no. Aparece una yuma, tú le gustas y ahí mismo hiciste el pan. Cincuenta o cien faítos. Y si tienes suerte, se mete contigo y te lleva pa'su país. Entonces sí hiciste el pan de verdad.

—No sueñes más. No estoy pa'eso.

—¿Y pa'qué tú estás, chico? ¿Pa'pasar hambre y pa'estar estrallao, siempre sin un centavo?

—Siempre he sido un salao, Yuni. No trates de arreglarme.

—Bueno, allá tú. Mañana voy a ver a un coreógrafo amigo mío, del Hotel Galápagos. Si entro de bailarina en el cabaret del hotel no hay quien me saque de Varadero hasta que aparezca un yuma que se case conmigo y me lleve por ahí, a vivir bien.

—Uhm.

—Rey, no me gusta verte así, tristón. Mañana tienes que bañarte y te voy a comprar algo nuevo. Aunque sea un short, una camiseta y unas chancletas de goma. Así que arriba, ríete.

—Yo no sé qué cojones hago aquí contigo. Ni toqué a ese marinero. Ese lío no es mío.

–Ah, Rey, por tu madre, ni hables de eso. Olvídate de ese marinero. Lo bien que yo vivía en ese cuartico. Y contigo iba a ser mejor todavía.

–Es que tu hermano...

–Mi hermano es un salao. Está bien dos días y después anda estrallao seis meses. No levanta cabeza. A ver si ahora se aconseja, y se mete pa'las lomas a recoger café por lo menos un año, hasta que la cosa se refresque.

Salieron caminando abrazados, besándose, muy complacidos de estar juntos. Llegaron a la casa donde se hospedaban. Yunisleidi entró a la habitación de las muchachitas y se acostó. Rey abrió su catre, lo colocó en el pasillo, donde la vieja matrona le había indicado, y se durmió como una piedra en menos de un minuto.

Al día siguiente despertó al mediodía. Yuni ya se había ido. La esperó todo el día. No apareció. Se hizo de noche. A las once no podía aguantar el hambre. La vieja matrona lo vio sentado en el catre, esperando, y se le acercó:

–Si te vas a quedar esta noche tienes que pagar ahora. Esto no es un asilo de la Cruz Roja.

–Yuni regresa enseguida. Ella le paga.

–No. Es uno cincuenta. ¿Tú no tienes para pagar?

–No.

–Yo conozco a esa chiquita. Siempre hace lo mismo. Se desaparece de repente.

–Es que iba a hacer una gestión con...

–Espérala en la calle. Cuando ella regrese, pagan y entran.

Rey no contestó. Fue a sentarse en la acera. No tenía ni un centavo en el bolsillo. Lo mismo de siempre. Nada nuevo. Pensó: «Y aquí, con estos turistas tan extraños, no se puede ni pedir limosnas, y no tengo ni un santico.» Automáticamente se levantó y salió caminando hacia el Hotel Galápagos. Impresionante edificio. Ocho plantas, iluminado, elegante, jardines, fuentes, autos de lujo, porteros con chaquetas rojas y entorchados de oro. Jamás podría acercarse a un sitio así. Ni remotamente podía imaginarse cómo sería por dentro. Buscó un lugar para dormir, en un rincón del jardín, bajo unos almendros. Los mosquitos lo acribillaron. Millones de mosquitos y jejenes se cebaron en él. Pero ni eso lo despertó. Cuando abrió los ojos, el sol estaba alto y caliente. Un jardinero regaba los macizos de flores, con una hermosa manguera blanca y roja. Hasta los chorritos de agua en espiral eran bonitos y agradables. Todo muy lindo. Lo saludó. El jardinero apenas lo miró. Siguió concentrado en sus flores. Preciosas. Quinientas grandes flores en menos de un metro cuadrado. «Uhm. Todo es posible donde hay mucho dinero», pensó Rey. Se levantó y fue hasta allí:

—Mi socio, échame un poco de agua en la cara.

—Lo que te hace falta es bañarte completo, con jabón y rasqueta. Echate pa'llá, que tú debes tener piojos.

—No, no. Ya no tengo.

—Jajajá.

Rey se enjuagó un poco y se quedó observando al tipo. Entonces se le ocurrió algo:

—Chico, ¿habrá una pinchita aquí pa'mí?

—¿Pa'ti? No creo.

—¿Por qué? Yo estoy fuerte. He trabajado de estibador, de...

—Sí, pero aquí hay muchos requisitos. Esto es área dólar.

—¿Qué es eso?

—Área dólar. ¿Tú no eres de este país?

—Yo creo que sí.

—¿Tú crees?

—Uhm.

—Ah.

—¿Y cuáles son los requisitos?

149

—Bueno, hay que ser graduado universitario, militante, menos de treinta años, tener otro idioma.

—¡Coño!

—El mes pasado convocaron veinte plazas y se presentaron mil trescientos aspirantes. Todos con esos requisitos. Vinieron de todo el país.

—¿Plazas de qué?

—Para lo que sea. Yo soy ingeniero civil, con siete años de experiencia. Y hablo inglés y francés.

—¿Ingeniero pa'un jardín? Eso lo puedo hacer yo.

—¡Qué va! Tú aquí no tienes chance. Vete echando que aquí no te dejan ni poner un pie.

—Sí, ya me voy pero..., coño, es que tengo un hambre que no puedo más.

—No, no, aquí no hay nada pa'ti. Vete echando. Si te agarra la seguridad del hotel, te van a botar a lo bruto.

—¿Dónde está la basura?

—Si te agarran registrando en la basura..., bueno, allá tú. Son aquellos contenedores, pero yo no te dije nada. Allá tú.

—Coño, compadre, déjame vivir.

—De compadre nada. Ni me mires más.

Rey fue hacia la basura, pero recordó algo y regresó:

—Chico, deja preguntarte una cosa.

—¡Ah, no jodas más!

—¿Tú conoces a una mulatica muy bonita, que es bailarina aquí?

—Yo no conozco a nadie de esa gente.

—Se llama Yunisleidi.

—No conozco a la gente que trabaja adentro. Lo mío es aquí afuera. Vete echando y no jodas más.

Rey fue hasta los contenedores. Intentó destapar uno pero no pudo. Un joven vestido de blanco venía con un cubo de basura y en cuanto vio sus intenciones, lo echó:

–Fuera, fuera, aquí no hay nada para ti.

–Tengo hambre, déjame buscar algo.

–No busques nada. Vete, arranca de aquí o llamo a la seguridad del hotel.

Rey tuvo que retirarse. Aprisa. A pocos pasos encontró una gorra blanca con el símbolo DRYP en verde. Igual que la bandera grandísima que ondeaba en lo alto de un mástil, en medio del jardín. Los dueños de toda aquella belleza. «Uhm, qué bonita, coño, qué suerte tengo hoy», pensó, y se la caló muy orgulloso de participar de modo tan rutilante en aquella empresa. Atravesó el jardín. Fue hasta la carretera. Entonces se le ocurrió regresar e ir hasta la playa. Quizás algún turista le daba algo. Se acercó con cuidado, caminando entre las uvas caletas y los almendros. Lo habían amenazado tanto esa mañana que era mejor andar con pies de plomo. Sigilosamente se asomó entre unos cocoteros y unas dunas, y se quedó fascinado. Nunca había visto una playa tan hermosa, con el agua verde esmeralda, el mar tranquilo y brillante, todo plácido. Unos pocos turistas tomaban el sol y: «¡Cojones, esas mujeres están con las tetas al aire! ¡De pingaaa! ¡Qué tetas más lindas! Se ve que por aquí no hay cubanos. Si vienen los quemaos de Centro Habana pa'cá se pasan el día pajeándose.» No se dejó hipnotizar por las tetas europeas. Desconectó de aquello y observó mejor. En efecto: unos policías playeros, con shorts, cuidaban la zona. En realidad, tuvo deseos de tirarse al agua. Por primera vez en su vida sintió deseos de mojarse. Era un lugar hermoso como nunca había visto. «Pa'trá, Rey, pa'trá», pensó. Y se retiró cuidadosamente. Entre los árboles había un pequeño bar-cafetería. Aquí tuvo suerte. Fue por atrás. No había nadie. Abrió los latones de basura y fácilmente encontró restos frescos y abundantes de pizzas y sandwiches, y un trozo de embutido algo podrido, pero apetecible y nutritivo. Tragó rápido todo aquello y se fue tranquilamente, sin que lo molestaran. Feliz y satisfecho.

Se sentía muy bien con aquel almuerzo y decidió arriesgarse de nuevo. Quería ver la playa y solazarse un poco. Repitió la operación de acercarse poco a poco, entre almendros, cocoteros, uvas caletas. Se acomodó en una sombra. Los policías estaban lejos. No había tetas a la vista. Pero la playa era increíble. Se recostó en un tronco y se quedó dormido plácidamente durante cuatro horas. Cuando despertó habían colocado una tentación apenas a dos metros de su escondite. Una toalla grandísima sobre la arena y encima alguna ropa, tennis, frascos de crema, una botella de ron añejo, vasos. Tres personas jugaban en el agua, a sesenta metros. Pensó rápidamente: «¿La toalla con todo? ¿La ropa y los tennis? ¿El ron?» Esperó unos minutos. La gente, bien entretenida en el agua. Se acercó casi arrastrándose por la arena. Agarró la ropa y los tennis y regresó. Observó. No le habían visto. Un poco nervioso se alejó de allí. Era una zona muy tranquila. Se quitó su ropa sucia y raída y se vistió con un pantalón corto beige, una camisa playera muy fresca y unos tennis azul marino que parecían hechos para él. Todo de excelente marca. Pero, ya se sabe, el hábito no hace al monje. A pesar de aquel vestuario distinguido y nuevo, Rey seguía pareciendo el mismo mulato muertodehambre, flaco, desnutrido, con la piel de brazos y piernas cubiertas de ampollas y forúnculos con pus por las picadas de mosquitos y jejenes, el pelo desgreñado y cochambroso, los ojos con legañas, y sobre todo, con aquel aire de susto y desamparo, temeroso de que le dieran una patada por el culo en cualquier momento.

No obstante, Rey se sentía mejor. Con peste a grajo, pero bien vestido. Al menos de lejos no parecía un pordiosero y los policías no lo acosarían tanto.

Decidió hacer un último intento para encontrar a Yunisleidi. Fue hasta la casa. La vieja matrona lo vio bien vestido y, muy sonriente, lo detalló de arriba abajo. Intentó ser agradable:

—Yunisleidi no ha aparecido, pero si tú quieres te puedo alquilar a ti solo.

—No tengo dinero.

—¿Con esa ropa y no tienes dinero?

—Uhm.

Atardecía. Y hacía buen fresco. Rey salió caminando hacia el puente levadizo. Lo cruzó. Unos policías se ocupaban de alguien que quería entrar. A él ni lo miraron. El problema era entrar. Siguió caminando por la orilla del canal y dejó atrás el Red Coach, el Oasis, se hizo de noche, Carbonera, los campos de henequén. Siguió caminando. Salió la luna llena y todo se hizo azul. En la costa la espuma blanca contra los arrecifes, el suave rumor del oleaje. Rey se detuvo un par de veces a descansar. Sin pensar. No tenía nada en que pensar. Nunca tenía necesidad de pensar, de tomar decisiones, de proyectarse hacia acá o hacia allá. Sólo caminaba al fresco, sobre la hierba al borde de la carretera, y veía la noche azul, el mar azul, la tranquilidad del infinito. Y siguió caminando. Dejó atrás Camarioca, el faro de Maya, Canímar. Casi al amanecer llegó a Matanzas. No conocía aquella ciudad. Nada le decía. Podía seguir y llegar a La Habana caminando. Pero no fue necesario. A media mañana un camión recogió a varias personas en la Avenida de Tirry, frente a un viejo caserón marcado con el número ochenta y uno. Una señora rubia y sonriente, al parecer desordenada de amor, se asomó entre las persianas francesas. Por un instante se miraron a los ojos, pero todo quedó en ese fugitivo rayo de luz entre dos personas que se tocan con la mirada, presienten un leve temblor en sus respectivos campos magnéticos, y cada una sigue su camino. Las premoniciones no siempre se cumplen.

Rey subió al camión sin preguntar. El chofer empezó a cobrar: diez pesos hasta La Habana. Subieron cuatro personas más. Dos más. Hacía horas que no salían autobuses hacia La Habana, dijo alguien, sofocado y molesto porque había llegado corriendo desde la cercana estación de ómnibus. El camión no tenía permiso para esto. Un tropel de gente venía corriendo con sus bultos desde la estación. Dos policías se acercaron. El chofer bajó y habló con ellos muy bajo. Intercambiaron algo. El chofer subió de nuevo a cobrar. Rey intentó hacer una finta de engaño, pero el tipo conocía su bisnecito. Negociaron. Rey se quedó sin camisa. Dos horas después el camión entraba por Guanabacoa, salió a Diez de Octubre y fue soltando gente poco a poco. Podía llevar cuarenta, pero traía doscientos. «Y menos mal que apareció esto, nosotros llevábamos diez horas en la estación», repitió más de veinte veces una vieja gorda que se sofocaba y le faltaba aire y pedía que le dieran espacio. Alguien se burlaba de la vieja y le decía que no había más espacio, que hubiera tomado un taxi. La vieja gorda contestaba que ya no podía jinetear. «Así que estoy luchando igual que tú en este camión, como las vacas.» Todos se reían con las ocurrencias de la vieja gorda. Rey bajó en Cuatro Caminos. Ah, todo sucio y arruinado. Todo bien puerco. La gente desaliñada, pícara y ruidosa. Las mulatas recién llegadas de Oriente, con sus grandes y tentadores culos, prestas a todo por tres o cuatro pesos. Qué bien. Varadero estaba demasiado limpio y hermoso, demasiado tranquilo y silencioso. No parecía Cuba. «Aquí está el sabor, esto es lo mío», se dijo. El Rey de La Habana, otra vez en su ambiente.

Era mediodía y la plaza del mercado estaba en efervescencia. Rey se quedó por allí, dando vueltas. A lo mejor se le pegaba una pinchita. En la zona de los animales vivos había poco movimiento y mucho en las carnes. Pero las carnes estaban bajo control de dos o tres macetas. Un tipo gordo, barrigón, con una gran cadena de oro y cara plácida, miraba a sus alrededores. Los cuchillos, el olor de la carne de puerco, la sangre, los empleados vociferando sus mercancías y sus precios. Le gustaba aquel lugar. Dedicarse a cortar trozos de carne, dar hachazos a los huesos y partirle la cabeza a los puercos y meterle la mano en sus entrañas calientes para sacar los mondongos. «Cómo me gustaría trabajar aquí y matar tres o cuatro puercos todos los días. Un palo por los sesos y partirles el corazón con un puñal largo, jajajá. Después a descuartizar, el reguero de sangre...» Se sorprendió pensando todo eso, mirando fijamente al gordo de la cadena de oro y caminando hacia él. Le preguntaría si tenía trabajo. El tipo era el dueño, sin dudas. Se acercó y casi abrió la boca para preguntarle, pero le impresionó la fuerza que generaba aquel hombre. Era un tipo alto, corpulento, barrigón, vestido de limpio, con anillos, reloj, cadena, pulsera. Todo de oro macizo. Hasta casquillos de oro en los dientes. El tipo dominaba todos sus alrededores, sonriente, tranquilo, calmado. Al mismo tiempo se le veía peligroso. Era un tipo que podía hacer cualquier cosa sin alterarse. Y eso lo hacía temible. Ni una gota de sangre o sudor manchaba su camisa blanca impecable o su pantalón gris claro. Otros trabajaban para él y sudaban y vociferaban y se manchaban de sangre y grasa de los puercos, y se les veía nerviosos. Él sólo recogía las ganancias y controlaba todo con su sonrisa cínica y distante. Rey se paró en seco ante aquel señor. No se atrevió ni a mirarle a los ojos. Bajó la vista al piso y continuó su camino. El tipo lo ignoró. Era un piojo infeliz. Un limosnero de mierda.

Rey fue hacia la zona de atrás. La más grande. Había al menos ochenta tarimas con vegetales. Todo a precios altísimos. El público circulaba por los pasillos, preguntaba precios, compraba muy poco o nada, y seguían mirando y asombrándose por los precios, y pasando hambre. Algún que otro viejo murmuraba: «Se están haciendo millonarios y el gobierno no hace nada. Es contra el pueblo, todo contra el pueblo.» Nadie le hacía caso. Algunos viejos seguían esperando que el gobierno solucionara algo de vez en cuando. Les habían machacado esa idea y ya la tenían impregnada genéticamente.

En la zona de vegetales tampoco había chance. Los negros tenían ocupadas todas las posibilidades de estibar sacos de arroz y frijoles, y canastas de frutas, viandas y legumbres. En una tarima se robó dos plátanos y se los comió. Era difícil. Todos cuidaban bien su mercancía. Preguntó a unos cuantos vendedores:

–¿Necesitas ayuda?

–Vender es lo que necesito. ¡Qué ayuda ni qué pinga!

Salió afuera. Por la calle Matadero estaban los merolicos y un par de cartománticas, fumando tabacos, con sus faldas amplias. Sentados en los quicios de los grandes ventanales del mercado. Una de las barajeras no tenía clientes en aquel momento. La otra echaba las cartas a una campesina y a su hija. Les aconsejaba, ordenaba remedios, oraciones, amuletos, baños con hierbas y palos del monte. La campesina, su hija, el hijo, el marido, todos tenían problemas, muchos problemas. Un gran racimo de problemas para cada uno. «Tó' tiene arreglo. Tó' tiene arreglo. El muerto dice que tó' se puede arreglá», repetía la negra, lanzaba las cartas, surgían los problemas y atrás los remedios para cada uno. La campesina, azorada y temerosa. Rey observó. Y escuchó. «Uhm», pensaba. Sólo eso: «Uhm, uhm.» La otra barajera lo llamó:

–Ven acá. Siéntate.

–No tengo dinero.

–Yo sé que no tienes ni dónde caerte muerto. Pero esto es una obra de caridad. Siéntate, tengo que decirte dos o tres cosas para que se te abran los caminos.

–No, no.

–Tú tienes un muerto oscuro con cadena. Y toíto eso lo estás arrastrando desde que naciste. Siéntate que no te voy a cobrá.

Rey siguió caminando. Le dio miedo aquello. La mujer siguió hablando, aún le dio tiempo a escuchar algo más:

–Lo tuyo no es un sorbo. Es un muerto fuerte y te arrastra....

Se dio prisa y se alejó de aquella negra impresionante, con su tabaco y sus muertos. «¡Pa'l carajo. Solavaya!», se dijo Rey, y fue a sentarse en la otra esquina. Dos viejos sucísimos patilludos, con la ropa raída y asquerosa, vendían tubos de pasta de dientes, cuchillas de afeitar, dos paquetes pequeños de café. Se sentó junto a ellos. Uno le preguntó algo, pero Rey no lo oyó. La negra le dio miedo. «Muerto oscuro con cadenas. Pa'su madre.» Se levantó y siguió dando vueltas. Tenía hambre. Preguntó a otros vendedores. Nadie quería ayuda. «Voy a tener que robarme unos panes con tortilla», pensó. Miró en los alrededores. No había policías a la vista. Podía arrebatar los panes, cruzar la avenida corriendo hacia la estación de ferrocarriles y seguir por Monte arriba. Ni lo pensó. Se acercó al puesto. No había clientes. Sólo el vendedor. Pero falló porque nerviosamente se mojó los labios con la punta de la lengua. Cuando se lanzó sobre los panes con tortilla, el vendedor, un jabao joven y ligero, lo esperaba, y a su vez le agarró por las muñecas y gritó: «Policía, policía.» Rey se aterró cuando se vio atenazado así y sacó fuerzas, removió al tipo, pateó el puesto y casi derriba el piso todo, el tipo lo soltó y él salió corriendo. No había robado nada. Así que no era culpable. Siguió por Belascoaín arriba. Primero pensó ir al barrio de Jesús María a buscar a Magda. Serían las cinco de la tarde. En un bar varios hombres bebían ron y fumaban tranquilamente, mirando a las mujeres que pasaban por la acera: negras, mulatas, blancas. Provocativas, con buenos culos, alegres, sudando, mostrando el ombligo y las barriguitas con sus blusas muy cortas y los bollos bien marcados por las licras. La lujuria, el deseo, la sensualidad, el sudor corriéndoles por la espalda, el suave caminar moviendo bien las nalgas, con la mirada retadora. Aquél era un buen lugar. Sucio, derruido, arruinado, todo echo trizas, pero la gente parecía invulnerable. Vivían y agradecían a los santos cada día de vida y gozaban. Entre los escombros y la cochambre, pero gozando.

¿Debía buscar a Magda? Era muy temprano. Magda debía estar vendiendo maní. Siguió caminando lentamente por Belascoaín hasta el Malecón. A veces le gustaba observar. Ahora tenía un hambre de perro. Sin comida y sin dinero, tenía que observar mejor aún. Quizás aparecía algo comestible. Llegó al Malecón. Se sentó en el muro a tomar fresco. Como siempre le sucedía: tenía tanta hambre que ya no la sentía. Hacía mucho calor, aunque ya el crepúsculo se encendía sobre el mar con tintes rosados, naranjas, grises, rojos, azules, violetas, blancos. Sólo es creíble cuando se ve. El sol hundiéndose en el mar y todos aquellos colores en el cielo. A Rey, sin camisa, le chorreaba el sudor desde las axilas, y por la espalda hasta las nalgas. Los huevos también sudaban y todo él apestaba a rayo encendío. Hacía muchos días que no se bañaba. Se olió las axilas. Le gustaba. Se olía varias veces al día. Le excitaba olerse. Tuvo un poco de erección. Pero quería mear. Se sentó bien al borde del muro. Sacó su rabo medio parado y meó hacia el mar. Una mujer que se besaba con su novio, se le quedó mirando fijo, embelesada por aquel hermoso aparato. Rey lo percibió, y le gustó. Se la meneó un poco. Escupió en la cabeza de la pinga, para que resbalara mejor, y se pajeó un poco en honor de su admiradora. El hombre, de espaldas, no imaginaba lo que sucedía. Ella le aguantaba la cabeza, lo besaba en el cuello, y se le desorbitaban los ojos mirando el tareco de Rey. Se había excitado oliéndose a sí mismo, como hacen los monos y otros muchos animales, incluyendo al hombre. Y ahora tenía una admiradora tan entusiasta que en cualquier momento dejaba plantado a su novio y venía hasta donde Rey para concluirle gentilmente la masturbación. Pero Rey recordó su hambre y pensó: «Si me vengo ahora me desmayo, ¡qué va!» Guardó el material, miró por última vez a la joven fan y salió caminando por el Malecón hacia el puerto. Se detuvo un instante y taladró con la vista en busca de Magda: la parada del camello en la esquina de San Lázaro y Marqués González, la puerta de la capilla, la esquina del hospital, el parque Maceo. Miró despacio. Magda no andaba por allí. Tenía deseos de verla, de acostarse con ella, de besarle el culo y formar aquellas templetas locas que duraban tres días y terminaban cuando ya les ardía tanto el bollo y la pinga que tenían que dejarlo o comenzaban a sangrar. «¿Por dónde andará esa loca? ¿Con quién estará?», se preguntó un par de veces y la borró. Siguió por el Malecón dos cuadras más. No sabía adónde iba. Con hambre y sin dinero. Su suerte y su desgracia es que vivía exactamente en el minuto presente. Olvidaba con precisión el minuto anterior y no se anticipaba ni un segundo al minuto próximo. Hay quien vive al día. Rey vivía al minuto. Sólo el momento exacto en que respiraba. Aquello era decisivo para sobrevivir y al mismo tiempo lo incapacitaba para proyectarse positivamente. Vivía del mismo modo que lo hace el agua es-

159

tancada en un charco, inmovilizada, contaminada, evaporándose en medio de una pudrición asqueante. Y desapareciendo.

De nuevo se sentó en el muro. El crepúsculo se encendía más aún. El cielo, el agua, las paredes de las casas, las piedras de los arrecifes costeros y el liquen verde que los recubría, la piedra de cantería de El Morro, todo lo que tocaba aquella luz se convertía en dorado, rosado, violeta, colores indescifrables. La belleza lo rozaba. En los crepúsculos, en las mujeres, en la alegría de vivir que latía a su alrededor, en la música, en la presencia infinita del mar, en el aire saturado de olores. La vida latiendo. Y él ajeno a todo.

Sin embargo, en aquel momento Rey se sentía bien. No sabía por qué. Nadie le había enseñado a degustar lo hermoso. Pero aquél era un buen momento. Miraba al mar plácidamente y de pronto fijó su vista en un bulto blanco que flotaba cerca. La corriente y los vientos del noreste lo empujaban hacia la orilla. Era una sábana blanca manchada con sangre seca, bien amarrada. Contenía algo. ¿Sería un niño muerto? ¿Una madre que parió, lo mató y lo tiró al agua? ¿Sería un pedazo de algún descuartizado? Rey miró a su alrededor. No había nadie cerca. Se concentró en aquel bulto. Intentó adivinar la forma de una cabeza, de un brazo. No podían ser tripas y mierda de un puerco o un carnero. Nadie tira una sábana. Habían matado a alguien en la cama, lo picaron en pedazos y aquel bulto contenía unos cuantos trozos. Estuvo a punto de bajar a las rocas y registrar. El paquete ya chocaba contra los arrecifes, flotando sobre las olas suaves. Sólo había que desatar un nudo y descubrir el contenido. Pero reaccionó a tiempo. En cuanto hiciera eso acudiría la gente. Tan morbosos como él, y enseguida la policía. «No. Que lo encuentre otro. Yo no he visto nada», se dijo, y siguió caminando por el Malecón hacia el puerto. Dos policías venían por la acera hacia él. Se aterró al pensar que podían descubrirlo cerca de aquel bulto con fiambre humano. Terror vacuo, pero terror. Cruzó la avenida y siguió caminando por San Lázaro. Anochecía. Entró a su barrio de la infancia. De Belascoaín a Galiano. Un tipo ensangrentado, con una herida en la cabeza, caminaba por la calle. No iba por la acera. El tipo salió por Lealtad a San Lázaro, dobló a la derecha y siguió hacia La Habana Vieja. Era un blanco muy flaco, con tres tatuajes en los brazos: un Jesucristo, un letrero que decía: «Lorensa madre hai una sola», y un cuchillo goteando. Todo muy mal dibujado. Vestía sólo con un short viejo y descolorido y unas chancletas de goma muy gastadas. Tenía mucho pelo negro, encharcado en sangre. Llevaba un pedazo de trapo negro en la mano, quizás un pañuelo, y se secaba la sangre que chorreaba por la frente y lo cegaba. Estaba borracho o enmariguanado, en shock. Caminaba como un zombi, pisando fuerte, lanzando torpe y duramente los pies hacia delante. Tenía una expresión perdida y levemente sonriente. Todo el cuerpo manchado de sangre casi coagulada, hasta los pies. La gente lo miraba. Sólo lo miraban, sin hablar. Era evidente que el tipo hacía un gran esfuerzo para continuar caminando. Es decir, en cualquier momento podía desplomarse en medio de la calle. A veces se desequilibraba hacia uno u otro lado. Pero de nuevo centraba y reanudaba la marcha. Con frecuencia miraba atrás, como si alguien lo persiguiera, y se apresuraba más aún. Rápidamente se perdió calle abajo.

Era totalmente de noche. Y Rey tenía deseos de mear. Siguió un poco más adelante. Miró hacia su casa o lo que fue su casa. No quería ver más desgracias por hoy. Tatiana ciega, Fredesbinda llorando. No. Entró a un edificio de ocho pisos en la esquina de Perseverancia. Subió un tramo de escalera y meó allí mismo. De su infancia recordaba aquel lugar. La gente entraba allí a cagar, a mear, a templar, a fumar mariguana. Si aquella escalera hablara sería una enciclopedia. Alguna vez, desde que lo construyeron en 1927, fue un edificio lujoso, con escalera de mármol blanco y apartamentos amplios y confortables. Sólo vivían profesionales y americanos. Ahora, cada día más arruinado, era un buen meadero. Casi terminaba, impulsando el chorro contra la pared, cuando de golpe apareció Elenita la boba. También la recordaba de su infancia. Debía de tener cuatro o cinco años más que él. Con los ojos extraviados, hablaba un poco gangoso, pero era tremenda loca. La boba descendía y lo sorprendió meando. Rápidamente estiró el brazo para cogerle el rabo, al tiempo que le pegaba el cuerpo y le decía, con su voz nasal y la lengua enredada:

—Oye aghn aghn, oye...

Rey la dejó hacer porque tenía buenas tetas y él las sentía pegadas a su brazo. Eso lo calentó. Tampoco perdió tiempo. Metió la mano dentro del vestido amplio y fresco de Elenita. Oh, qué pendejera tan abundante. Introdujo el dedo. Ah, húmedo. Se olió el dedo. Ufff, qué rico. Tenía un olor suave y apetecible. Elenita encontró el animal tieso, rápida y brutalmente endurecido. Y bajó a lamer. En ese instante alguien comenzó a subir los primeros peldaños. Al parecer el ascensor estaba roto. Al escuchar los pasos, Elenita rápidamente lo tomó del brazo y ascendió las escaleras arrastrando su presa. Subieron hasta el sexto piso y entraron a un pequeño recibidor que al menos los aislaba de los transeúntes de la escalera. Al mismo tiempo se encontraban a un metro de la puerta del apartamento de Elenita. A través de la puerta, sucia, endeble, entreabierta, se oía el televisor y salía una peste intensa a mierda de pollo. La boba no perdió tiempo. Bajó nuevamente y recomenzó su tarea lamedora. Descubrió las dos perlanas sobre la cabeza del glande y se entusiasmó. Ella misma se la introdujo. Tenía una vagina acogedora y muy peluda. Y buenas tetas y buen culo. Era una boba cariñosa, besadora. Gozadora, se quejaba y suspiraba. Casi sin terminar de introducirla hasta el final tuvo su primer orgasmo. Suspiró y se quejó como si estuvieran solos en medio del monte. Su marido, también un poco fronterizo, medio bobo o medio loco, no se sabía bien, se asomó a la puerta, y casi los sorprende. Apenas le dio tiempo a Rey de recostarse en la pared hacia el lado opuesto. Tenía la voz gangosa y estúpida, igual que su mujer:

—Elenita, ¿qué tú haces ahí? ¿Compraste los cigarros?

—Ughnnn, no, no, voy ahora.

—¿Y por qué te quejas tanto? ¿Que tú...? ¿Tú estás con alguien? Te voy a...

—Aghnnnnn, no, no, sigue durmiendo, sigue durmiendo.

—No estoy durmiendo, Elenita. Entra.

—No. Sigue durmiendo.

—Entra. Hay un programa buenísimo en el televisor.

—¿Qué cosa es?

—El noticiero.

—Déjame aquí, aghnnn.

El bobo se dirigió a alguien en el interior del apartamento:

—Mamá, es Elenita, pero no quiere entrar. Y no compró los cigarros.

Una señora, madre de la boba, suegra del bobo, respondió enseguida:

—No discutan. Déjala tranquila. Cierra la puerta y déjala.

El bobo se tomó medio minuto para pensar en esa posibilidad y contestó, dirigiéndose a Elenita:

–Bueno, está bien, voy a cerrar la puerta pero no te vayas de ahí. Quédate ahí mismo y ya no te quejes más. ¿Te duele algo, Elenita? ¿Ehhh? ¿Te duele algo?

–Uhgnn, ughnn.

–Entonces no te quejes. No te vayas de ahí.

Y cerró la puerta. La boba era insaciable. El piso estaba asqueroso, pero ella se quitó el vestido, lo tendió y siguieron. La escalera y aquel pequeño recibidor estaban muy oscuros. La gente se robaba las bombillas. Siguieron templando en medio de la oscuridad, casi sin verse. Elenita tuvo muchos orgasmos y en todos suspiraba. Lo hicieron en todas las posiciones posibles. El bobo interrumpió varias veces, entreabriendo la puerta:

–Mi amor, entra. ¿Qué haces en la escalera toda la noche? Entra. Ven a dormir.

Desde más atrás se oía la voz de Elena, poniendo orden:

–Deja a Elenita tranquila que ella sabe lo que hace. No discutan más. Cierra la puerta.

Entonces el tipo cerraba la puerta y ellos seguían templando, por delante y por detrás. A la boba le encantaba por el culo. Rey se vino cuatro veces. No podía más. Se le cayó y ya no la pudo parar más. Estaba fuera de caldero por completo. El hambre lo desgarraba, y se le ocurrió preguntarle a la boba:

–¿Tienes algo de comer? ¡Tengo un hambre...!

–Ahgnn, ahgnnn.

La cogió por el cuello y la amenazó:

–¡Oye, no te hagas la boba, cojones! Te haces la boba cuando te conviene. ¡Búscame algo de comer!

–Aghnn, chico, suéltame... ¿Quieres un pollo?

–Sí.

Elenita se puso el vestido. Entró a su casa y un instante después salió de nuevo, con un pollo vivo agarrado por las patas. Se lo dio a Rey. La madre y el marido de Elenita intentaron impedirlo:

–¿Elenita, adónde tú vas con el pollo?

–¡Elenita, ven acá!

Criaban pollos en el baño. Tenían casi veinte. Todos grandes y buenos para comer. Rey agarró el pollo. La boba fue a despedirse con un beso y un abrazo. No había tiempo para despedidas. Rey bajó las escaleras como un rayo, con el pollo en la mano. Se oían los gritos de Elenita:

–¡No seas abusador! ¡No abuses conmigo, que soy mujer! Ahgnn, aghnnn... ¡Yo te quiero mucho, Tito, yo te quiero mucho!

Y la madre intercediendo.

–Ustedes dos están acabando con mi vida. ¡Están acabando con mi vida! Tito, déjala tranquila, no abuses más de la niña. ¡Basta ya!

En un minuto Rey llegó a la calle. Su primera intención fue salir caminando tranquilamente hacia Jesús María y cocinar el pollo con Magdalena. Pero en ese momento la madre de Elenita se asomó por un balcón y, desde el sexto piso, sobre la calle San Lázaro, empezó a llamar a la policía.

–¡Ataja, ataja! ¡Policía, se robó un pollo, se robó un pollo! ¡Policía! Que no hay un salao policía cuando hace falta. ¿Dónde están los policías? ¡Ataja, se robó un pollo!

Al escuchar aquello, Rey salió corriendo hacia la parada de guaguas, en Manrique. En ese momento pasó una guagua. Un tropel de gente inquieta subió. Alguien dijo que iba hasta Guanabo. Rey subió también. Cuando el conductor fue a cobrarle, Rey tartamudeó un poco. Sabía que lo iban a bajar. A su lado iba un hombre vestido de modo tan inusual, tan correcto y tan convencional, que parecía un pastor protestante de provincias. Rey apenas le dijo al conductor:

165

–Chico, dame un chance hasta allá alante. Es que no tengo dinero.

–No, no. Si no pagas te bajas aquí mismo.

El pastor protestante detuvo la conversación:

–Un momento, no se baje. Yo pago por él.

Rey se sintió agradecido por aquella bondad inesperada. Se turbó y no pudo darle las gracias. Miró al piso y caminó al fondo de la guagua.

Era bien de noche. Quizás las diez, las once, las doce. Rey jamás se preocupaba por saber la hora, el día, el mes. Para él todo era igual. La noche era oscura. Rey se quedó en Guanabo, en la última parada. Pensó en ir hasta la playa, hacer una hoguera y asar su pollo. En el correccional lo hizo varias veces, con patos, conejos, pollos y gatos. Necesitaba sal y limón. La playa estaba desierta y oscura, pero un kiosco permanecía abierto. Dos tipos y dos jineteras bebían cerveza, sentados en una mesa frente al kiosco. No había más clientes ni nadie más en todo aquello. Sólo aquella luz en la playa enorme, extensa y negra. Dos empleados tras el mostrador. Rey se acercó. Estaba seguro de que lo echarían, como siempre. Pero no. Les causó gracia aquel tipo pidiéndoles sal para cocinar su pollito, y se rieron:

–Coño, acere, tú sí eres luchador. Así es como es.

El empleado le puso sal, mostaza y catshup en un plato plástico, y se lo dio. Rey se fue feliz. Buscó unos palos secos y preparó la hoguera. Le reventó la cabeza al pollo machacándola contra una piedra, lo desplumó, lo desgarró con la punta afilada de un madero, limpió las tripas en agua de mar. Le untó sal, mostaza y catshup. Entonces recordó que no tenía fósforos. Volvió al kiosco. El tipo lo ayudó a encender dos maderos. Lo hizo de buena gana. Estaba aburrido y al menos se entretenía con aquel vagabundo robapollos.

El asado quedó perfecto. Después de la cena Rey salió caminando por la playa. Estaba cansado. Oía el suave rumor del oleaje sobre la arena. No corría brisa y hacía mucho calor. Se quitó los tennis y sintió la arena húmeda, el agua cálida. Se quitó el short. Lo dejó todo tirado sobre la arena y entró en el mar totalmente desnudo. El agua tibia y negra le rodeaba. Tuvo una sensación extraña y voluptuosa. Cerró los ojos y se sintió abrazado por la muerte. No había brisa alguna. El agua caldeada, la oscuridad infinita que lo rodeaba. El terror a ahogarse, porque no sabía nadar. Mantuvo los ojos cerrados y se abandonó, flotando boca abajo, con la cara dentro del agua. Se sintió atraído por aquella sensación deliciosa de irse para siempre.

Permaneció un tiempo así. Flotando. Apenas sacaba el rostro del agua para respirar y volvía a abandonarse. Estuvo tentado de no respirar más. Dejar el rostro bajo el agua. No respirar. Hundirse en el agua negra. Hundirse en el silencio. Hundirse en el vacío. De repente un cuerpo frío, resbaladizo, duro, lo rozó en los pies y las piernas. Era un pez largo y potente. Nadaba silenciosa y rápidamente y se atrevió a acercarse a la orilla. Lo rozó por un instante que a Rey le pareció un siglo. Aterrado, se incorporó. Tocó la arena del fondo con los pies y salió corriendo hacia la orilla. El agua la tenía a la altura de la cintura o poco más. El pez tendría tiempo para perseguirlo y devorarlo en medio de la oscuridad. Y Rey luchó. Con el corazón desbocado, saliéndosele por la boca, salió al fin del agua y se lanzó boca arriba sobre la arena, temblando de pavor.

La playa era un buen lugar para vivir. Se podía dormir sobre la arena, aunque a veces los mosquitos se ponían insoportables. Pero no siempre. Había pocos policías, y en general no molestaban. En los contenedores de basura de los kioscos se encontraban restos frescos y apetitosos de pan y fiambres. Por si fuera poco, la gente sonreía, estaba relajada y daban limosnas. Sin el santo. No era necesario. Rey se acercaba y les pedía y muchos le daban monedas. Vivió unos cuantos días dando vueltas por la arena, siempre a la intemperie. Cuando el sol apretaba, se colocaba a la sombra de unos cocoteros. Un día por la tarde llegaron dos muchachos perdularios, flacos, sucios, sólo con un short y unas zapatillas viejas y despegadas. Uno de ellos subió a un cocotero y tiró a la arena ocho cocos. Rey se acercó a ellos. Bebieron agua de coco y comieron la masa blanca. Unos italianos fueron a observar y los muchachos intentaron vender algunos cocos. Los italianos no querían comprar cocos. Sólo miraban y se sonreían. Los muchachos ya tenían unos catorce años y no usaban calzoncillos. Rey comió masa y agua de coco hasta reventar. Después ayudó al empleado de una cafetería muy simpática: era una gran lata de cola. Y el tipo dentro de la lata parecía una bacteria de la soda. Vendía mucho y necesitaba alguien que le recogiera los platos y vasos plásticos, las latas de cerveza, las servilletas, los restos de comida y toda la porquería que los clientes tiraban tranquilamente en la arena. A cambio le daba algo de comer. A Rey le gustó ese negocito. Recogía basura y de paso pedía algunas monedas. El sol lo quemaba duro. A veces le daban deseos de meterse en el mar y refrescar un poco. Pero no se atrevía. De noche se acomodaba lejos del agua, sobre unos cartones, en la arena suave de las dunas. Y dormía sin preocupaciones, bajo las estrellas, al fresco. Así estuvo días. Tal vez semanas. Hasta que llegó –como siempre– la cabrona tentación. No en forma de serpiente y manzana, sino como una camisa, con unas gafas de sol, algo de dinero en el bolsillo, una gorra y unas chancletas de goma. Todo colocado al pie de un cocotero durante dos horas. Rey resistiendo la tentación. Había perdido su camisa en el viaje desde Matanzas. ¿Qué hacer? Recogía la basura en los alrededores. Miraba la camisa. El dueño estaría nadando. Finalmente la serpiente venció: lo agarró todo, tranquilamente, hizo un bulto apretado y salió caminando hacia la avenida. Ahora tenía que perderse de allí. Caminó más de un kilómetro. Contó el dinero que había encontrado en el bolsillo de la camisa. Ocho dólares. Se puso la camisa, las gafas de sol, la gorra nueva. Le ofreció un dólar a un taxista. Veinte minutos después el auto corría por el túnel de la bahía. Y Rey feliz. Se sentía muy bien. «El Rey de La Habana, con siete faos en el bolsillo, y montando en taxi, raudo y veloz como el caballo de Guaitabóoooo..., tari ra ráaaa», cantaba mentalmente, y sonreía.

Bajó en Prado y se dijo: «Ahora sí voy a buscar a Magda y la invito a comer pollo frito, papas y cerveza. Yo el bacán, jajajá...» Tomó por Ánimas. Y encontró un bar. Se sentía tan bien que necesitaba un trago de ron. Entró y pidió un doble. Pagó. Era todo un señor con una camisa limpia y sus estentóreas gafas de sol. Se recostó en la barra, a mirar a la calle. Allí estaba Cacareo. Era un viejito medio mulato, medio indio, borrachito eterno, con una carretilla construida por él mismo. Al parecer transportaba de todo. En la realidad no podía con nada: el hambre, el alcohol, los años, lo habían liquidado. Pedía buchitos de ron a todos. No pedía dinero ni comida. A veces, para ganarse el trago, cantaba o berreaba un pedazo de algún bolero o de una guaracha. Cacareo dejó la carretilla en la calle y se acercó a Rey y a otro hombre que bebían ron. Eran los únicos clientes. El viejo, pequeñito, flaco, ligero, vestido con harapos de colorines, sonrió de oreja a oreja y entonó una rumbita acompañada de algunos pasillos torpes. Al final extendió una lata para que le vertieran un poquito de ron. Era un bufón patético y ridículo. A Rey le pasó un pensamiento por el cerebro: «Voy a ser así cuando sea viejo. Un payaso de mierda.» Le entró una rabia incontrolable y salvaje. Estrelló el vaso contra el piso, empujó al viejo con tanta violencia que lo tumbó de espaldas. Y salió del bar a grandes zancadas. Ni oyó al camarero que le decía: «Oiga, ¿usted está loco? Tiene que pagar el vaso.»

Magda podía estar con los cucuruchos de maní en la parada del camello. Y salió hacia allá. Serían las cinco o las seis de la tarde. A su lado pasó un tipo corriendo elegantemente. Rubio, blanco, alto, bien alimentado. Un excelente ejemplar ario haciendo jogging entre los escombros. Con la mejor ropa deportiva y unas costosas zapatillas de gran marca. Evidentemente no entendía ni cojones. Dobló por Campanario hacia Malecón, trotando por medio de la calle. En la carnicería de Ánimas y Campanario había un molote de treinta o cuarenta personas cogiendo su cuota de picadillo de soja. Uno dijo: «Mira ese tipo..., está loco.» Una señora le contestó: «Locos estamos nosotros, que no tenemos ni fuerzas para correr a coger la guagua. Nosotros sí estamos locos.» Otra mujer también metió la cuchareta, con cara de amargura: «Y seguimos comiendo mierda aquí en vez de irnos pa'l carajo.» Los otros, prudentemente, mantuvieron la boca cerrada.

Rey vio al rubio extranjero corriendo con gallardía, ostentosamente, en medio de la miseria, oyó los comentarios. No comprendió nada. Siguió hasta el hospital. Frente a la capilla de La Milagrosa había un tipo tirado en el piso. Era un desastre. Poliomielitis tal vez. Al parecer dormía o estaba inconsciente. Tenía un pedazo de plástico extendido en el piso, con un pequeño San Lázaro, muchas monedas y un letrero:

*«Ésta es mi última promesa a*
*mi padre*

170

*San Lázaro. Tengo*
*mareos emoroides y mi enfermedad.*
*La telmino hoy a las 6:30 y*
*voi al Rincon Ayude y Salu Para*
*todos*
*promesa para respetal.»*

La gente leía aquel letrero. Todos se condolían de aquel despojo humano. Algunos ponían monedas y se persignaban. Rey sacó conclusiones: «Éste sí es un bárbaro. Me voy a hacer un letrero mejor que ése... Uhmmm..., y tengo que engarrotarme un poco..., uhmm..., yo creo que Magda tampoco sabe escribir mucho, y ese letrero está bien hecho. Ya veremos quién lo hace, uhmmm.»

Pensando en cómo hacer un letrero tan perfecto como aquél, se sentó en los escalones de entrada de la capilla. Se entretuvo mirando al frente, a la gente. Magda se sentó a su lado, sonriente, con sus cucuruchos en la mano:

—¿Qué buscas por aquí, nené?

Rey se sorprendió:

—¡Ehhhh!

—¿Te asustaste?

—No.

—¿Qué buscas?

—¿Cómo qué busco? Estás perdida de aquí. ¿Por dónde tú andas?

—Por ahí.

—¿Cómo que por ahí? ¿En qué tú andas, Magda?

—¿Yoooo?... Chico, ¡verdad que tú eres cojonú!

—¿Por qué?

—Porque eres cojonú. Estás perdío yo no sé desde cuándo y ahora vienes a buscarme, y exigiendo, haciéndote el marido.

—Tú no sabes en lo que yo...

—¿Estuviste preso?

—No, pero me enredé y no podía...

—Tú lo que eres un descarao, Rey. Voy echando. ¡Y no me sigas porque no quiero un espectáculo en el medio de la calle!

—Oye, pero... ¿tú estás loca o qué volá?

—Te dije que voy echando y que no me sigas. ¡Ni te hagas el cabrón conmigo porque te planto un circo de bofetones en tu cara grande! Y después te echo a la policía.

Rey se enfureció. Tenía deseos de cogerla por el pescuezo. Logró controlarse.

—Magda, vamos a hablar.

—No vamos a hablar ni cojones, piérdete de mi vista.

—Por lo menos dime...

—Esto se acabó, Rey. Tú eres un barco. Yo necesito un hombre. ¡Un hombre! Que me ayude y que haga algo por mí.

—Pero yo puedo...

—Tú no puedes ni cojones. ¡Tú eres un chiquillo y un comemierda! Adiós.

Magda se fue. Rey pasó de la furia al desconcierto y de ahí a la tristeza. De repente se sintió abandonado, solitario, sin asideros. Y se le salieron unas lágrimas. No un llanto copioso. Apenas unas lágrimas. Lo invadió una sensación de vacío y soledad. Y caminó sin rumbo. Deprimido, con deseos de morirse. Más de una vez pensó: «¿Por qué no me ahogué aquella noche en la playa?» Cuando se cansó de caminar se sentó en el quicio de una puerta. Era bien entrada la noche. Pocas personas por allí. Se acomodó un poco y se durmió. Al día siguiente, a las seis de la mañana, una señora alta y delgada, de sesenta y tres años, con un pelo bien entintado de negro y grandes argollas en las orejas, con toda la pinta de gitana, abrió la puerta. Traía un cubo de agua y hierbas. Había «limpiado» el cuarto de sus santos y consultas. Siempre quedan sorbos cuando se trabaja con muertos y se consulta tanta gente día a día. Ésa era la rutina diaria de Daisy la gitana. Limpiar el cuarto y toda la casa, recoger lo malo, tirarlo fuera a la calle junto con el agua del cubo. Perfumar la casa, poner flores a los santos, saludar a los orishas con aguardiente, miel, humo de tabaco, alguna fruta, lo que pidieran. Había que tenerlos contentos. Y prepararse para las consultas. Tenía su pequeña cuota de popularidad como cartomántica. Cada día iban de cinco a diez personas. Aspiraban a conocer su futuro y a intentar corregirlo favorablemente, con los remedios y consejos de Daisy, aunque ella decía siempre: «Yo no te mando nada. Yo no sé ni para qué sirve la manzanilla. Es Rosa la gitana la que habla. Yo ni sé lo que ella te dice.»

Ahora estuvo a punto de lanzar el agua sobre Rey. Se sorprendió al ver aquel tipo durmiendo en su puerta:

–¡Hey, pero qué es esto! Oye, sal de mi puerta. Vete, vete de aquí.

Rey despertó con el cuerpo adolorido. Aún más triste que la noche anterior. Le daba igual. No se movió. Daisy se molestó y lo empujó con el pie:

–Dale, sal de mi puerta.

Rey se arrastró un poco a la derecha para quitarse de la puerta. Allí se quedó, sentado en la acera, recostado a la pared. Daisy lanzó el agua, lo salpicó un poco. Hizo su oración y entró de nuevo. Rey se hallaba en estado de abandono total. No se movió de allí en todo el día. Sólo quería morirse. Daisy se dedicó a sus consultas y se olvidó de aquel tipo. Por la noche, a las ocho, salió hasta la puerta a despedir a su última cliente: una señora del campo que siempre le traía pollos, arroz, frijoles, ristras de ajo, y además le pagaba bien. Ella la atendía y la señora era fiel a las predicciones y remedios de la gitana. Daisy encendió un cigarrillo, le

173

dio un beso en la mejilla a su clienta y se quedó un instante en la puerta, lanzando el humo y tratando de refrescar un poco el cerebro. Ganaba buena plata pero terminaba agotada todos los días. El tipo seguía tirado en la acera. Lo observó. Estaba sucio aunque no iba mal vestido:

—Oye, muchacho, ¿tú no te ves muy joven para estar tirado ahí? ¿Qué te pasa? ¿Estás borracho?

Rey había desconectado de todo. Y no tenía deseos de responder. Ya ni sentía hambre o sed. Daisy siguió insistiendo con sus preguntas. Rey no contestó. Pero Rosa le susurró al oído: «No lo dejes abandonado. Ayúdalo.» Y lo que Rosa dijera era sagrado. Daisy lo ayudó a pararse. Lo apoyó en su hombro y lo entró en la casa. En el bar del frente, en la esquina de Virtudes y Águila, dos vecinos bebían ron y observaron el lío de la gitana con el vagabundo:

—Lo que le faltaba a la cartomántica. Antes recogía perros y gatos callejeros. Ahora recoge limosneros.

—Está buena esa gitana. Debía recogerme a mí.

—Está flaca y vieja..., bueno, verdad, por eso te dicen «chupavieja».

—No, acere, no, deja el nombrete que yo te respeto.

—Jajajajá.

—Está vieja, pero tiene forma todavía. Y con casa y billete.

—¿Tú crees que tiene el baro largo?

—Claro. Si todos los días da como veinte consultas. Si me recoge, empiezo a vivir como un rey.

—Coño, ¿si te gusta tanto por qué no le fajas?

—No me hace caso. Estoy atrás de ella hace años pero se me escabulle siempre entre las manos.

Daisy cerró la puerta. Rey estaba muy flaco y demacrado, pero de todos modos ella no podía con él. Lo dejó en el piso. Al menos ya tenía los ojos abiertos. Le dio un vaso de agua con azúcar. Rey se repuso un poco.

–¿Estás herido, estás enfermo o algo?

–No.

–¿Cómo te llamas?

–Rey.

–Yo me llamo Daisy. Voy a calentar agua para que te bañes, y preparo comida para los dos.

–¿Por qué haces esto?

–Por los santos. Me dijeron que lo hiciera.

–Total..., yo quiero morirme.

–No hables así y no te señales, que es malo. Ya, ya. Arriba, a bañarte.

Rey no tuvo fuerza para oponerse al baño. Era un caserón grande, del siglo XIX. Colonial, de gruesas paredes de cantería y un puntal muy alto. Tenía zaguán, sala, saleta, cuatro cuartos. Todo desproporcionadamente grande. Un patio ancho a lo largo de los cuatro dormitorios. Al fondo la cocina inmensa, el comedor y el baño. Daisy era maternal. Y lo proveyó de jabón, toalla, un pantalón, calzoncillo, medias, camiseta. Todo del ejército. Era viuda de un oficial desde hacía años. Lo guardaba todo: gorras, botas, medallas, grados de bronce, diplomas, trofeos. Cuando tenía algún joven en su casa –le encantaban los jóvenes pero se cuidaba mucho de las lenguas viperinas del vecindario–, lo protegía y le obsequiaba con aquellos fetiches. Así disolvía poco a poco el recuerdo del difunto, que fue siempre su macho, padre, esposo, amigo, protector, dueño, el que la preñó y la hizo parir cuatro veces. Fue su todo. La gran locura de los dos era templar con él vestido de uniforme y con la pistola al cinto. Sólo se sacaba la pinga y los huevos por la portañuela. Eso arrebató siempre a Daisy. Murió apenas con cincuenta años y todo acabó abruptamente. Desde entonces Daisy comenzó a ser cada día más gitana. Más y más gitana. Algo irresistible. Vivía sola en aquel caserón. Tres hijos en Miami, otro vivía con su esposa, y ella perdida allí con los santos y el espíritu permanente de Rosa murmurándole al oído.

Cuando Rey salió del baño era otra cosa. Daisy preparó una comida decente: arroz, frijoles negros, carne guisada, plátano maduro frito, ensalada de aguacate, habichuelas y piña, agua fría, café.

—¿Quieres un tabaco y una copa de ron?

—Sí.

Por primera vez en su vida Rey se sintió persona. Jamás había comido de aquel modo, con aquella sazón, y además, sentado a una mesa. Siempre comía con el plato en la mano. Jamás había tenido a su lado a una mujer limpia, olorosa a perfumes y colonias, en una casa tan grande, con santos y flores, que lo mimara de aquel modo. Aquello era increíble. ¿Cómo le podía suceder?

—¿Qué edad tienes, Rey?

—Ehmmm...

—Ya vas a decir mentiras. Dime la verdad.

—Diecisiete.

—Me lo imaginaba.

—¿Por qué?

—Pareces tener treinta, pero yo sabía que eres un niño.

—¿Treinta?

—La vida te ha maltratado un poquito...

—A lo mejor.

—O tú has maltratado a la vida..., quién sabe.

Daisy dio fuego a un cigarrillo y fumaron en silencio un rato. Ella apagó la colilla en el cenicero y lo miró:

—Así que diecisiete...

No pudo resistir más. Fue hasta él y lo besó. Lo abrazó. Él reciprocó. Cuando se sintió correspondida, se expansionó un poco más:

—Ay, mulato, por tu madre, ¡qué lindo eres, qué rico!

Rey intentó reciprocar el entusiasmo, pero no tuvo

erección. Demasiado olor a jabón y perfumes. Apenas se le hinchó un poco. Por el momento Daisy se contentó con eso, y –como siempre sucedía con todas las mujeres– cuando descubrió las perlas sobre la cabeza del glande, se arrebató. Rey hizo un ademán para desvestirse. Ella lo impidió:

–No, no. ¡Con la ropa! No te la quites. Bájate la cremallera. Tengo que buscarte una pistola.

–¿Una pistola? ¿Pa'qué?

–Para que te la pongas a la cintura y te tiemples a Rosa.

–¿Qué tu dices? No entiendo nada. Yo no resisto las pistolas ni los guardias ni un carajo.

–¿Por qué?

–Porque no.

–¿Por qué no?

–Porque no..., ahhh, sigue mamando, cojones.

–Ay, loco, tienes una perla.

–Dos.

–Sí, dos, loco, loquísimo.

Rey cerró los ojos y se descraneó con Magda. Cada vez que Daisy –o Rosa, quién sabe– intentaba subir a besarlo, él le mantenía la cabeza abajo. No quería oler la fragancia y limpieza de Daisy. «Magda, suda, Magda, suda, con tu peste a grajo.» Así mantuvo la erección más o menos y soltó mucho semen en la boca de Magda, o en la de Daisy, o en la de Rosa. Y ya. «¡Qué trabajo da la buena vida, cojones!», pensó. Daisy quería más, por supuesto. Ella se había quedado en blanco. Pero era una vieja experta y comprendió que era mejor darle tiempo al tiempo.

–¿Quieres un batido de mango?

–Sí.

Daisy le puso mucha leche al batido y hasta unas píldoras de concentrados vitamínicos que sus hijos le envia-

177

ban regularmente de Miami. Nunca supo por qué. Pero las enviaban siempre.

—Aliméntate, papi, que estás muy flaquito y abandonado.

Así fueron pasando los días. Rey rápidamente se adaptó a las píldoras vitaminadas, a las buenas comidas, a disponer de ropa limpia, aunque fuera de uniforme militar. Y a que Daisy le diera unos cuantos pesos cada mañana.

—Toma, mi niñito, esos pesitos son para lo que tú quieras. Pero aféitate. No salgas así para la calle. ¿Te cepillaste los dientes?

A la semana, Rey estaba repuesto, había aumentado de peso, y además, completamente domesticado: desayunaba, almorzaba, cenaba, todo a su hora. Se bañaba a diario, se rasuraba. Sólo daba algunas vueltas por el barrio y no se alejaba de la casa. Por las noches algún trago de ron y un puro. Daisy ocupaba todos los días con las consultas. Pero por las noches invariablemente quería su cuota. Y Rey haciendo malabares con su mente. Nada de grandes templetas. Rey apenas quedaba bien. No lograba ponerla completamente dura. Siempre con los ojos cerrados y soñando con la suciedad y el hálito de Magda. Daisy no tenía sabor. Todo se ponía gris, monótono y aburrido para Rey. Una noche Daisy quiso tirarle las cartas. Rey se opuso:

—Es importante para ti. Yo soy la única que te puede ayudar.

—No necesito ayuda.

—Todos necesitamos ayuda. De Dios. Somos amor y luz, pero sin Dios nos convertimos en odio y oscuridad...

—Ah, deja esa trova, Dios ni qué cojones. Yo me cago en Dios.

—En mi casa no se puede hablar así. Di que te arrepientes.

—Me cago en Dios.

–Di que..., perdónalo, Dios mío. No sabe lo que dice.

–Me cago en Dios.

–Ya. Voy a rogar por ti. Dios te tiene que perdonar.

–¡Pinga Dios! ¡Pinga Dios! Dios no existe ni un cojón. Tú porque vives como una reina. Claro que tienes que creer en todos esos santos y en tus barajas y toda esa mierda. ¡Yo no creo en nada! ¡No creo ni en mí!

–Yo te entiendo, Rey. Que Dios te perdone.

–¡No me repitas más la misma mierda!

Rey se había enfurecido. Salió de la casa y se fue al bar del frente a beber ron. Estaba realmente furioso, iracundo. Tenía veinte pesos en el bolsillo, los puso sobre el mostrador y le dijo al tipo:

–Completo de ron.

El dependiente le puso delante un vaso y tres cuartos de botella de un ron barato y peleón. Rey bebió con sed. En dos minutos tenía una nota sabrosa. Daisy apareció en la puerta del bar y lo llamó:

–Rey, ven acá un momento.

–Déjame tranquilo.

–No te emborraches, Rey, ven acá. Vamos para la casa.

El bar estaba casi vacío y en silencio a esa hora. El barrio se quedaba muerto a partir de las ocho de la noche. Sólo Rey, dos clientes y el cantinero. Uno de los clientes, un viejo mulato flaco y jodedor, empezó a cantar con muy buena voz:

> Usted es la culpable
> de todas mis angustias
> y todos mis quebrantos.
> Usted llenó mi vida
> de dulces inquietudes
> y amargos desencantos,

179

Rey no soportó. Se aguantó para no meterle un botellazo por la cabeza a aquel viejo burlón. Cerró los ojos
para contenerse. Agarró la botella de ron y salió caminando por Águila hacia Neptuno. Daisy apenas con una bata
ligera y las llaves de la casa en la mano, chancletas de cau-
cho, siguió tras él, suplicando:

—Muchacho, después de todo lo que he hecho por ti.
No seas malagradecido.

—Déjame tranquilo.

—Rey, por tu madre, no te vayas así. Yo nunca te he
preguntado quién eres ni de dónde saliste. Nada...

—Ni te interesa.

—Yo sé que no me interesa. Nunca te voy a preguntar
nada. Pero déjame cuidarte, Rey. No sigas bebiendo.

—Déjame tranquilo y no me jodas más, vieja de mierda.

—¿Cómo que vieja? ¿Yo vieja?

—Sí, tú misma. Vieja de mierda. Déjame tranquilo y
vete pa'la casa.

—Me voy contigo. Sola no.

Daisy se le acercó más y lo agarró por un brazo. La
discusión era en voz alta. Rey vociferando en medio de la
calle. Ella hablaba con más cuidado. Alguna gente los observaba desde los balcones y desde las aceras. El espectáculo preferido de los habaneros. Las broncas callejeras entre
marido y mujer. Alguien le gritó a Daisy desde un balcón:

—¡Vaya, castigadora..., cómo te gustan los niños, salá!

Daisy se volvió hacia el lugar de donde salía la voz in-
trusa:

—¡Ése es mi marido! De niño nada. ¡Tiene una pinga
que te puede partir el culo a ti, singao! ¡Dale, baja, maricón!

La misma voz burlona y nasal para evitar que lo reconocieran:

—¡Dale, vieja gozadora, llévate tu niño pa'la cuna!

Daisy no respondió. El burlón siguió con sus chistes:

—Llévalo pa'la casa y dale el biberón.

Ella no prestó atención a las burlas. Se pegó a Rey y le acarició el brazo.

—Papito, tú estás como loco. Déjame hacerte una limpieza. Tú verás que se te aclara la mente.

—¿Vas a empezar con la misma jodienda?

—No, no. Yo no te digo nada. Pero vamos para la casa, mi cielo. Mañana temprano te hago la limpieza. Es para tu bien, Rey, tú verás qué bien te vas a sentir.

Rey prefirió no responder. Guardó silencio. Siguieron caminando. En Águila, llegando a Zanja, frente a la compañía de teléfonos, había un solar yermo grandísimo, con escombros. Y mucha oscuridad. Era casi medianoche. Una zona de maricones, ligues, pajeros, las muchachitas rayadoras de pajas bajan por allí a buscarse unos pesos, los limosneros, los bisneros de cualquier cosa. Rey entró al solar. Daisy se asustó:

—Ay, Rey, por tu madre, éste es un lugar peligroso.

—¡El peligroso soy yo! Toma, date un trago.

Se sentaron sobre una piedra grande. Se tranquilizaron. Y bebieron el resto de la botella. Rey comenzó a sentirse bajo control de nuevo. A su alrededor, en las penumbras, había movimiento: una muchachita pajeaba a uno. Una negra y un negro templaban desaforados, se les oía a pocos metros y se adivinaban sus bultos. Algunos voyeurs pasaban por la acera y fumaban, disimulando, alistándose para entrar en acción en cualquier momento. La atmósfera tenebrosa, cargada de gente subrepticia. Sexo furtivo. Rey se calentó. Se le paró sola. Como un clavo.

—Uhmmm..., ven acá, viejuca, ven acá.

Levantó la bata de Daisy. Sólo una braguita. Ya tenía la pinga tiesa, durísima. Palpó bien a la gitana. Estaba flaca y con buena pelambre en la pelvis. Desenvainó. Daisy lo tocó y se arrebató:

—Ay, papi, la perlana está temblando.

—¡Las perlanas! Son dos, cojones.

—Ay, papi, sí, son dos. Dale, dale, arrebatao.

Rey le abrió un poco las piernas, rompió las braguitas y las botó. La recostó contra la piedra. La penetró como nunca y la hizo chillar:

—Ay, papi, por tu madre, esto sí es una pinga..., ay, difunto, perdóname, pero aquí sí hay, aquí sí hay pinga. Dale hasta el fondo, dale.

Tres voyeurs se acercaron a pocos metros y se masturbaron viendo aquel palo genial. Rey contuvo su orgasmo. Quería que Daisy se viniera y se desquitara. Ella tuvo muchos orgasmos cortos y seguidos, dos por minuto. Se iba de la realidad. Gritaba, suspiraba, se mordía la mano. La viejuca de sesenta y tres retornó a sus quince años. Hasta que al fin él soltó su leche. Los pajeros también. Todos terminaron al mismo tiempo. Algo antológico en la historia sexual de la humanidad. Cuando Daisy y Rey abrieron los ojos, los pajeros ya se habían retirado a una distancia prudente. Y todos fueron felices.

En los días siguientes retornaron a la normalidad. Es decir, a la rutina de Daisy, sus comiditas especiales, las vitaminas, bañarse y afeitarse a diario. A veces Rey se escapaba. Iba caminando hasta Prado. Se sentaba un rato a ver pasar a las mujeres. No tenía nada que hacer, nada en que pensar, nada que esperar. Siempre con veinte o treinta pesos en el bolsillo. Funcionaba por inercia. Habló en varios lugares, buscando trabajo. No había nada. Hasta en la construcción tenían ocupadas todas las plazas. Daisy le insistió en la limpieza:

–No busques más. Hasta que no te des unos baños con hierbas, te hagas el despojo y los otros remedios no vas a encontrar. Tienes todos los caminos cerrados y no me quieres creer.

–Yo no sé pa'qué me hablas de esa mierda todos los días.

–Porque vas al fracaso. Y quiero ayudarte, mi niño. Así no se te da nada. Ni trabajo, ni dinero, ni mujeres, nada. Hay que quitarte el arrastre.

Daisy con la misma candanga cuatro veces al día. Siete días a la semana. Ya aburría. Pasaba el día consultando. Por la tarde, casi de noche, se bañaban, comían, tomaban un poco de fresco en el patio. Daisy se ponía provocativa con unas batas transparentes y pequeños «negligés», que usaba con bragas mínimas, sin sostenes. Y mucho maquillaje, perfumes, y el pelo bien cepillado y estirado, para olvidar ciertas raíces africanas perdidas entre los abuelos. A Rey no se le paraba bien con tanto artificio. Era un tipo rústico. Prefería el aliento a ron, a tabaco, el olor a sudor y la pendejera sin afeitar en los sobacos.

Para refrescarse la cabeza le dio por fumar y beber. Todos los días gastaba treinta pesos o más en ron, cigarrillos y puros. En el bar de enfrente. Una tarde fue al bar, como siempre. Daisy en sus consultas. Aún tenía tres clientes. Terminaría a las nueve de la noche o quizás un poco más. Se lo tomaba en serio. Rey reprimía sus deseos de irse. Salir caminando y no decir adiós. Pidió un doble de ron. En la acera un negrito jugaba solo: puso unas piedrecitas en el piso, encima otras y otras. Fabricó un pequeño monumento, una pequeña pirámide. Y bailó alrededor. Se despojaba, hacía los sonidos de los tambores y bailaba alrededor del tótem. Rey lo observó largo rato. Era un niño de cinco o seis años jugando con su tótem. Muy concentrado en lo que hacía. Sonriendo. Fascinado con su tótem.

A pocos pasos, en el solar, alguien empezó a gritar. Se formó una bronca. Cada unos cuantos días se armaban estos líos. El solar fue un gran caserón colonial de dos plantas, con un patio central. Dividido todo en treinta y siete pequeñas habitaciones. Legalmente, allí vivían ciento ochenta personas, a las que se añadían unas cincuenta más, ilegales: familiares de otras provincias, amigos en desgracia, amantes, etc., todos disponían apenas de dos baños mínimos. El patio central alguna vez fue amplio y ventilado, pero construyeron más habitaciones para aprovechar tanto espacio. Ahora era sólo un pasillo estrecho, de dos metros de ancho, siempre con ropa tendida secándose. En aquel pasillo los vecinos armaban una rumba o una bronca, se fajaban dos negras por el mismo marido o se brindaban café amigablemente, fumaban mariguana o –en la oscuridad de la noche– templaban y suspiraban los amantes copulando de pie.

Lo que se armó en aquel pasillo hacía tiempo no se veía allí: un jabao oriental comenzó a discutir con un negro grandísimo, por cierta estafa que uno le hizo al otro. Nunca se supo quién era el estafador. Y se fueron calentando. Empezaron a salir los hermanos y los primos del negro. Los amigos del negro. Los ecobios del plante. Ya eran dieciocho negros amenazantes. Todos deseosos de partirle la cabeza al jabao oriental, solitario y sin apoyo. De repente apareció un machete en la mano del jabao. Su mujer lo trajo y se lo alcanzó, diciéndole:

–No te dejes joder, que tú eres un macho.

El jabao ni lo pensó. Empezó a dar tajazos a diestra y siniestra. Le cortó la barriga a uno y un brazo a otro. La sangre brotó. Rojísima y espesa. Entonces sí se hizo pequeño y estrecho el pasillo. El jabao tenía copada la única salida a la calle. Por atrás no había escape. El tipo tenía un empingue de cuatro pares de cojones y cuando vio sangre se le montó Oggún. Entonces sí quería sangre. Los negros, desarmados, daban volíos como tigres en la selva. Intentaban ascender por las paredes como moscas, con los ojos salidos de las órbitas. Desde arriba, dos viejas gritaban y vertían cubos de agua. Estaban seguras de que así podrían enfriarlos. El jabao se cegó. Dio machetazos a todo lo que se le pusiera cerca, pero sin moverse de su puesto, para que no pudieran escapar hacia el portón. Estaba dispuesto a completar la sangría. Los acosó con saña, como una fiera asesina. Cinco negros heridos y dos botando sangre. Por lo menos veinte cubos de agua habían caído sobre ellos. Todos los perros ladrando, las mujeres gritando:

—¡Amárrenlo, amárrenlo! ¡Oriental hijoputa!

—¡Llegó ayer y ya quiere ser dueño de La Habana!

—¡Llamen a la policía!

—¡Busquen un palo! ¡No le cojan miedo! ¡Busquen un palo!

—¡Abusador! ¡A mano limpia no te fajas! ¡Abusador!

Al fin llegaron dos policías. El oriental, furioso, de espaldas, no vio cuando se le acercaron. Lo desarmaron con dos golpes de kárate en el tronco del pescuezo. El tipo se quedó sin aire, paralizado, dejó caer los brazos y el machete. Lo esposaron. El jabao recuperó aire y empezó a chillar y a patalear para que lo soltaran. Uno de los policías lo sonó con la goma por la espalda. El tipo cayó boca abajo al piso. El policía le dio unos cuantos gomazos más, cruzados con la columna vertebral.

—¡No te hagas el cabrón y cállate!

El jabao se calló y dijo bajito:

—Abusador, singao, porque me amarraste, singao.

El policía le metió unos cuantos gomazos más, a partirle los huesos. El jabao casi pierde el conocimiento. Se calló.

Los negros intentaron salir corriendo. Los policías, pistola en mano, dispararon cuatro veces al aire. La estampida se contuvo. Algunos escaparon de todos modos. Quedaron once negros contra la pared. Tranquilos. Llamaron a los carros de patrulla. Las mujeres empezaron a acosar a los policías con su gritería:

—Suéltenlos. Ellos no hicieron nada. No se los lleven.

—El del machete fue el que empezó.

—El del machete. El oriental.

—Esos muchachos son de aquí y son decentes, son buena gente.

—El oriental es el singao. Aquí jamás se forma bronca.

Llegaron refuerzos. Dos carros patrulla. Se los llevaron a todos. Las mujeres, impertinentes, histéricas, seguían atravesadas. Los policías fueron controlando a las fieras. Al fin limpiaron el terreno. El solar quedó en efervescencia.

Al frente, Daisy se asomó por la ventana. Miró un instante y comentó con su cliente:

—Los negros del solar fajados. Como siempre. Eso es todos los días.

Y siguió con sus barajas.

Rey, en el bar, aprovechó para acercarse a Ivón, una negrita culona, tetona, dulce y silenciosa, que vivía en un cuarto del solar. Sola, con su hija de cinco años. Rey la observaba hacía días. Y ahora le llegó el momento. Ivón se quedó en la acera. Cuando vio la bronca se detuvo a esperar que todo pasara. Rey hacía tiempo que quería meterle el rabo. Aprovechó y le sonrió. Él no sabía enamorar ni hablar mucho. Se le ocurrió brindarle ron:

—¿Quieres un trago?

—No, gracias.

—Yo soy el vecino del frente.

—Sí, te he visto con la gitana. ¿Qué pasa en el solar? La bronca es grande.

—Sacaron cinco heridos tintos en sangre. Había un tipo con un machete. Y se dio gusto.

—Ahhh.

—Date un trago. Toma.

—Jajajá. La vieja te va a matar si te agarra hablando con otra mujer...

—¿Y a ti qué te hacen?

—¿A miiiií? No, mi amol, yo soy libre, independiente y soberana.

—Yo también.

—A otro perro con ese hueso.

—Bueno, deja eso. ¿Cómo tú te llamas?

—Ivón.

—Rey.

Se dieron la mano. Se sonrieron. Ivón aceptó un trago de ron peleón. En strike. Sin hielo.

—Hace tiempo que no bebo.

—¿Y eso?

—No, es que... ná. No bebo.

—¿Ná, qué?

—No me gusta beber sola.

—Ivón, tú con ese cuerpo, con esa sonrisa..., ¿tú estás sola, sola, sola?

—Aunque no lo creas.

—Jajajá. Y lo seria que te pones. ¿Qué tiempo llevas sola? ¿Una semana?

—Meses, meses.

—Quizás porque eres muy exigente.

—No me gusta este negrerío. Se ponen a beber y ya tú ves: la bronca, los machetazos. No me gusta la cochiná y la vulgaridá.

—Tú eres fina. Una negrita fina y de salir.

—No seré fina, pero te repito que no me gustan los hombres vulgares.

—Entonces, si vamos a entrar en talla, tengo que ponerme fino.

—No te mandes a correr..., no te mandes...

—No, titi, estoy caminando.

Ivón aceptó otro doble. Siguieron calentando. A Rey le gustaba aquella mujer. Por lo menos era joven como él. Tenía buen cuerpo. No parecía demasiado bretera y buscapleitos. Para vivir en el solar, estaba bien. Era una negra bien prieta y él un mulatico claro. A lo mejor hasta tenían un mulatico bien parecido. Rey se la imaginó preñada, con un barrigón de él. Habían bebido unas cuantas copas. Se sentían sabrosos. Oscurecía. Congeniaban bastante bien. Daisy continuaba con sus consultas cuando ellos entraron al solar sin que nadie los viera. Al menos eso les pareció. Había silencio y tranquilidad. El cuarto de Ivón era pequeño: cuatro por cuatro metros, sólo una puerta y una ventana. Dentro había una cama y un colchón desvencijados. Una pequeña mesa con un infiernillo de petróleo. No había dónde sentarse. Sobre una silla casi desarmada, dobladas cuidadosamente, bien lavadas, algunas blusas, un par de faldas y unas pocas piezas de niña. Un par de chancletas gastadas bajo la cama. Una caja de cartón con un poco de arroz, una cazuela. Mucho calor. Olor a moho, a humedad, a encierro, a sábanas sucias. Entraron. Rey sostenía un vaso de ron. Se sentaron en la cama, con la puerta abierta. Rey puso el vaso en el piso, la besó, trató de acostarla. Ella se resistió:

—No. Mi niña debe estar al llegar. Esto no es así. ¿Tú crees que yo soy una cualquiera?

—¿Tienes una hija?

—Sí. De cinco añitos. Está con la abuela.

—¿Es lejos?

—Aquí mismo. En los altos.

—Sube. Invéntale algo para que se quede un rato más.

—No. Se va a dar cuenta.

—¿Y a ti qué?

—Es la abuela por parte de padre. Este cuarto es de él.

—¿Dónde está?

—En prisión.

—Ah.

—Vamos a cerrar la puerta. Un ratico na'má', Rey. Un ratico na'má'.

Ivón cerró la puerta. Ya Rey estaba como Compay Segundo: se le salía la babita... del glande. La fiesta fue en grande, con glande grande. Rey se venía y seguía con el animal tieso, y las perlanas vibrando de emoción sobre el clítoris rojo-violeta de Ivón. Rey inspirado con aquel culo prominente, duro, perfecto, negro, pelú, increíblemente bello, seguido de una vagina olorosa, de labios negros, con el interior morado, apretada, capaz de atrapar la pinga y masajear con unos músculos vigorosos y más-turbadores que una mano. Y el vientre bellísimo, con mucho vello del ombligo abajo. Los pechos redondos, hinchados, duros, con pezones grandes, redondos, suaves. Ivón, desnuda, parecía una muchachita púber. No había estrías, nada delataba su parto ni su edad. Tenía treinta y cuatro años. Parecía tener veintidós. ¡Y era tan dulce! Rey se lo decía una y otra vez:

—Ah, Ivón, cómo me gustaría vivir contigo aquí.

—Disfruta esto, papi. Olvídate de lo demás..., ay, si sigues dándome pinga así me voy a enamorar de ti..., ¿qué es esto?

Sudaban copiosamente. No había ventilador. Y aquello era un horno. Ivón salió dos veces del cuarto. Trajo más ron. Arregló el asunto de la niña para que se quedara

189

con una vecina. La suegra no podía saber lo que ella hacía. Si el negrón en el tanque sabía algo, la vida de Ivón no valía un centavo. El tipo saldría algún día. Y vendría directo a buscar sangre. Ivón a veces jineteaba. Ganaba cincuenta o cien dólares por uno o dos días. Eso era otra cosa. Ella tenía que mantener a su hija. Y se lo contaba al tipo tranquilamente cuando lo visitaba en el tanque. Entonces el tipo ladraba:

—¿Y lo mío qué?

—Toma, papi, aquí está.

Ella le ponía diez o quince dólares en la mano.

—¿Eso na'má'?

—¿Y qué más tú quieres? ¿Con qué mantengo a tu hija? ¿Y yo qué? ¿Vivo del aire?

—Ya, ya. Está bien.

Ivón se las arreglaba sola. Rey insistió en quedarse. Ya medio borracho.

—Me voy a quedar a vivir contigo.

—No, papi, no. Ese negrón sale y nos cose a puñalás a los dos. Le echaron veinte años, pero ya lleva dos, y en cualquier momento lo sueltan. Ese negro es peligroso.

—Yo soy durísimo, Ivón.

—Sí, sí...

—¿Tú sabes cómo me dicen?

—No.

—El Rey de La Habana. La pinga más sabrosa de Cuba.

—Es verdad, papi. Eres un loco..., tremendo loco en la cama... Pero como tú hay millones mi-llo-nes y no sólo en Cuba. Hay cada italiano y cada gallego, que de ahí pa'l cielo..., así que no te hagas el bárbaro y sigue con tu vieja pa'que te mantenga.

—Ella no me mantiene.

—No, ¡qué va! Tú te tiemplas a la viejuca de gratis. ¡No

jodas, chico! Mira, sigue con la gitana y, cuando se pueda, nos vemos, gozamos un rato, y cada uno por su camino. Pero suave. Sin coger lucha ni ná.

—No, no. Yo quiero que tú seas mi mujer... y preñarte. Hacerte un barrigón.

—Ah, deja la borrachera. No le paro más a un muerto-dehambre por ná del mundo. Mira la niña..., ahora soy yo quien tiene que mantenerla y el negrón en el tanque. Porque él es guapo y se faja. Cuando yo para es con un yuma, que tenga mucho billete, de lo contrario nada de preñadera..., ¡ni loca!

—Ah, pero...

—Ah, pero nada. Vístete pa'que vayas echando, que ya está amaneciendo y no te pueden ver aquí.

Discutieron un poco más. Rey que no se iba, Ivón que sí. Al fin salió al fresco de la madrugada. Era de noche. Fue directo hasta la puerta de Daisy. Se detuvo antes de tocar. No. Necesitaba otro trago de ron. Y un tabaco. No le quedaba ni un peso. Siguió caminando. Y, como siempre, cada vez que no sabía adónde ir, tomaba hacia la estación de trenes, al barrio de Jesús María. «Ah, Magda, Magda.» Pensó un instante: «Cómo me gusta Ivón. Pero es verdad lo que ella dice. El negrón sale del tanque, nos caza la pelea, nos corta la cabeza y nosotros ni sabemos quién fue. Es inteligente. Es una mujer que sabe lo que hace.» Subió por Águila. Eran casi las cinco de la mañana. De noche oscuro. Una noche fresca. Rey estornudó. Varias veces. Había un poco de frialdad, pero en el aire, además, había un olor penetrante, ácido. Unas sirenas sonaban a lo lejos. Hacia Tallapiedra. En la oscuridad de aquellas calles comenzaron a aparecer miles de personas. Levantadas de sus camas. Envueltas en frazadas, en pantalones cortos y chancletas, arrastrando a los niños, o cargándolos dormidos. Mujeres casi desnudas. Viejas y viejos somnolientos, cubiertos con

191

una toalla, una sábana. Algunos vestidos con un impermeable. Muchos viejos envueltos en mantas de lana. Todos abandonaron precipitadamente sus camas. Y emigraban. ¿Qué sucedía? Las sirenas seguían ululando con insistencia cada vez más feroz. Rey iba a contracorriente. Se le fue despejando la mente. El ron, el desgaste seminal, el sueño. Caminaba embotado. A los balcones se asomaban muchas personas. El olor ácido era más agudo en la zona del Capitolio, hacia el parque de la Fraternidad. Se metía por la nariz. Alguien desde los balcones preguntó qué sucedía. Le contestaron:

—Un escape de amoniaco.

—Dicen que en Tallapiedra, que puede explotar.

—Hay una tonga de gente con asfixia. Se los están llevando pa'Emergencia.

Desde los balcones siguieron preguntando. Los que escapaban eran los vecinos de aquella zona, en los alrededores de Tallapiedra. Un auto patrulla con altoparlante transitaba lentamente por Águila. La luz roja giraba en medio de la oscuridad. Iluminaba brevemente los edificios en ruinas, la gente fantasmal. La voz de un policía, estentórea, rebotó sobre las paredes, haciendo eco:

—Deben dirigirse ordenadamente al Malecón. Abandonen la zona. Deben esperar el cese de alarma en el Malecón. Eviten accidentes. No sucede nada. Eviten el pánico. Desalojen la zona. Desalojen la zona. Con orden pero rápidamente. Hacia el Malecón. No sucede nada, pero hacia el Malecón.

Rey siguió subiendo a contracorriente. Era un mar de gente somnolienta bajando en la noche hacia el Malecón. Cada vez el olor del amonio era más intenso en el aire. Rey pensaba en Magda: «Se ahoga. Debe de estar en el cuarto.» Llegó hasta Monte. Carros de bomberos y patrullas de policías. Habían tendido un cordón. Le impidieron pasar.

Allí el olor era muy fuerte. Los policías tenían pañuelos amarrados sobre el rostro. Y se pusieron brutales con él.

–Pa'bajo. Pa'bajo. Pa'l Malecón. ¡No puede pasar, ciudadano!

Eran millares los evacuados. Las sirenas de los autos policiales y los camiones también ululaban. Había que despertar a todos y hacerlos salir velozmente de sus casas. No había modo de llegar a Magda. No quiso discutir con los policías y los bomberos. Era inútil. Se retiró por Industria y se sentó en la acera, detrás del Capitolio, frente a la Partagás. El olor del amonio dificultaba respirar. Miles de personas pasaban tosiendo, cansadamente, adormilados tal vez, medio intoxicados. Varios le tocaron en el hombro:

–Muchacho, dale, camina. No te quedes ahí.

–Ahí te vas a ahogar. Dale pa'bajo.

Él no se movió. Sólo tenía a Magda en la cabeza. La gente seguía pasando a su alrededor. Poniéndose a salvo. Quizás estuvo media hora. Una hora. Comenzó a amanecer. El olor había desaparecido. ¿O se había acostumbrado? Las sirenas ya no sonaban. Se levantó. Estiró las piernas. Se movió. Emprendió de nuevo el camino hacia Jesús María. En ese momento las sirenas reiniciaron el ulular. Los policías y los bomberos comenzaron a retirarse. Un auto patrulla, dos autos patrullas, tres autos, cuatro, todos hablando al mismo tiempo por los altoparlantes. No se entendía lo que decían. A Rey le pareció escuchar:

–Pueden regresar..., cese de..., controlado..., escape..., deben regresar..., eviten... accidentes..., hogares..., regresar de inmediato...

Rey se apresuró un poco más. Bajó por Ángeles y fue directo al edificio de Magda. O mejor: a los escombros donde vivía Magda.

Se encontraron de sopetón frente al edificio y casi chocan:

—¡Eh, Magda!

—¡Rey!

—Coño, menos mal que saliste a tiempo.

—Jajajajá.

—¿De qué te ríes? Estoy seguro que poco faltó para que te asfixiaras.

—¿Cómo lo sabes?

—Porque tú duermes como un tronco..., ni escuchaste las sirenas.

—Jajajá, cómo me conoces, papi. Así mismo fue. Poco faltó pa'que me partiera. Ahora estuviera pa'l otro lado.

—¿Y qué...?

—El vecino. El viejo de al lado. Me pateó la puerta hasta que desperté.

—Te salvó la vida.

—Nos llevaron a los dos pa'l hospital. Salimos medio asfixiados.

—¿Y él?

—Lo dejaron ingresado. Ya está muy viejo, figúrate. Pero aquello..., allí hay como quinientas personas medio asfixiadas. Al viejo lo tienen tirado en un rincón. Y yo me fui pa'la pinga..., total.

Hablaban y subían la escalera. Rey se sentía feliz. En su ambiente. Sólo de mirar a Magdalena tuvo una espléndida erección. No la ocultó. Le gustaba exhibir su picha rígida.

—Rey, ¿pa'dónde tú vas? ¿Yo no te dije que no vinieras a mi casa?

—Mira esto, mamita. Mira cómo me tienes.

Magda miró. Hacía días que no tenía sexo.

—Eh, ¿y esa paradera de pinga? Si yo ni te he tocado.

—De mirarte na'má' me pongo así. ¿Qué tú quieres?

194

–Ay, papi, tú cada día eres más loco.

Magda se la agarró por encima del pantalón. Se la apretó. La soltó apenas un instante para abrir el candado. Entraron. Y de nuevo se la apretó y le masajeó sobre las perlas. Magda estaba flaca de pasar tanta hambre, se bañaba muy poco por la falta de agua y jabón, no se rasuraba las axilas porque no tenía cuchilla, la ropa sucia, los dientes manchados. Cuando tenía unos pesos los gastaba en ron y cigarros. En fin, un desastre. La cochambre. Los dos eran cochambrosos. No venían del polvo y al polvo regresarían. No. Venían de la mierda. Y en la mierda seguirían.

Se desnudaron. Magda con sus costillas marcadas bajo el pellejo. El esqueleto a la vista. Rey un poquito más cuidado y vitaminado últimamente. Pero, de todos modos, la cabra tira al monte. Fue la locura. No se cansaron. Si aquello no era amor, se parecía mucho. La paranoia del sexo, de las caricias, de la entrega. En algún momento, Magda le metió el dedo por el culo a Rey. Dos dedos. Tres dedos. Y Rey lo gozó por primera vez. Magda le mamó el culo y siguió gozándolo con los dedos. Y Rey se dejó hacer, y chilló y suspiró, desfallecido de placer. Algo que su machismo a rajatabla no le había permitido hasta ahora. Era la entrega total.

Como siempre, se alimentaron con ron, mariguana, maní, cigarrillos. Llegó la noche, durmieron. Siguieron al día siguiente. Rey salió un par de veces a buscar ron, panes con croquetas, cigarrillos. No había dinero para más. Magda cocinó un poco de arroz. Comieron un plato, con aguacate. Volvió a llegar la noche. Dormían un par de horas, y de nuevo Rey con la tranca tiesa. Y seguían y seguían. Al tercer día, por la mañana, Magdalena reaccionó:

–Rey, me quedan veinte pesos y tengo que comprar maní. No puedo gastar ese dinero en ron.

–Bueno, está bien.

–Voy a la plaza y vengo enseguida.

Hacía más de cuarenta y ocho horas que se habían aislado del mundo. Habían reanimado su amor desaforado y el sexo loco. Se sentían muy bien. Magda orgullosa nuevamente de tener un marido así:

–Verdad que eres El Rey de La Habana, papi. Eres un loco.

–Voy haciendo los cucuruchos.

–En menos de una hora estoy de regreso. Haz cien cucuruchos na'má.

Rey hizo los cien cucuruchos de papel. Las horas pasaron. Se tiró a dormir en el jergón. Llegó la noche. Se despertó rabiando de hambre en medio de la oscuridad. Y Magda perdida. Ni tenía dinero ni deseos de salir a la calle. Quedaba un poco de ron y cigarrillos. Con unos cuantos buches cayó noqueado. Durmió hasta el día siguiente. Despertó con una resaca terrible, con gastritis. Hizo un esfuerzo y salió a la calle de algún modo. A pesar de la ropa limpia, había recuperado aquel aspecto desgarbado de vagabundo. Con grandes ojeras, el pelo enredado y sucio, cara de borracho agotado y mugriento. Tomó por Factoría. Llegó a Monte. Su cuerpo y su mente eran una mezcla de hambre y extenuación tal que no podía pensar. Sólo caminaba. Fue hacia Galiano y se detuvo por allí, en aquella encrucijada. Muchísima gente vendiendo y comprando. Sin pensarlo extendió la mano y murmuraba algo al paso de la gente. Nadie se fijó en él. «Tengo hambre, por favor..., tengo hambre, por favor, dé..., tengo hambre, por favor, déme algo pa..., tengo hambre..., tengo hambre, por favor, démeal...» Nadie le dio un céntimo. Tenía que robar algo, arrebatar un bolso. Seguía con la cantaleta pidiendo y al mismo tiempo ojo avizor. Al primer descuido de alguien..., había varios policías por allí. Un ruido de cristales rotos. Un negro en pantalones cortos, sin camisa, con una sola chancleta de goma, el otro pie descalzo. Tiró una piedra contra el escaparate de una peletería. Los vidrios caían al piso hechos añicos. El tipo intentó agarrar un bolso de piel. No los zapatos. Sólo un bolso. Se cortó los pies, los brazos, las manos. Unos turistas lo filmaban en video y tomaban fotos. Dos policías llegaron corriendo. Enfurecidos, claro. Desenfundaron sus blacks jacks de goma sólida. Vieron las cámaras. Guardaron los blacks jacks. El tipo ya tenía el bolso en la mano. Estaba ensangrentado, pero no huía. Cientos de personas se habían detenido a mirar. Los policías, apaciblemente, le quitaron el bolso y lo agarraron. El tipo se zafó y empezó a injuriarlos, porque él quería su bolso de piel. Seguramente estaba loco. Los policías de nuevo lo agarraron y con mucho cuidado, como si se tratara de una torta de merengue, trataron de conducirlo lejos de allí. Unas negras jodedoras y alegres, con sus culos enfundados en licras bien ajustadas, aprovecharon la confusión para robar unos zapatos de la vidriera. Comprobaron que sólo había un zapato de cada par. Sólo exhibían el izquierdo. El derecho lo guardaban bien. Entonces lanzaron los zapatos de nuevo dentro del escaparate. Dos empleados de la tienda fueron corriendo y, desde dentro, retiraron zapatos, bolsos, zapatillas. Las cámaras lo captaban todo. Llegaron otros dos policías enfurecidos. Los que actuaban les dijeron algo rápidamente. Los nuevos protagonistas miraron a las cámaras. Oh, siiií. Guardaron los black jacks. Entre los cuatro, muy suavemente, se llevaron al tipo, que insistía en regresar y agarrar el bolso. La gente siguió moviéndose. Los turistas hicieron su última toma. Todo había sucedido en dos o tres minutos. En ese tiempo Rey estuvo alerta, observando alguna oportunidad. Nada. Las mujeres agarraban firmemente sus bolsas. No había turistas tontos. Nada. Siguió pidiendo. Sin esperanzas, pero pidiendo.

Entonces se nubló. En quince minutos el cielo se cubrió de nubarrones negros y cargados. Se alzó un viento fuerte, del norte. Unos truenos con relámpagos. Comenzó a llover con grandes goterones. Los vendedores callejeros recogieron apresuradamente sus cosas. Rey pensó arrebatar unos panes a un tipo que vendía pan con lechón en un carrito. Pero no se atrevió. Había demasiada gente. Al tipo se le cayeron al piso dos panes con lechón asado. Tres panes. Iban a ser cuatro. El tipo logró agarrar el cuarto en el aire. Hizo un gesto para recogerlos del piso, pero mucha gente le observaba. No. De un salto Rey cayó junto al carrito. Agarró los panes y se los comió. ¡Uhm, pan con lechón! Estuvo a punto de pedirle al tipo que le pusiera un poco de salsa picante. Pero el hombre lo miraba con mala cara. Rey se contuvo.

La lluvia y el viento arreciaban. Era una cortina de agua densa. Truenos y relámpagos. La gente se refugiaba en los portales. Algunos entraron a Ultra. Pasar el tiempo mirando en una tienda. Ya escamparía y todos se pondrían en marcha de nuevo.

Pero no escampó. Llovió durante horas y más horas. La gente se fue, mojándose. Poco a poco los portales quedaron desiertos. Rey permaneció allí, con su hábito de pedir limosnas. El tipo del pan con lechón no vendió más. A las nueve de la noche tiró los panes sobrantes. La carne la recogió y se la llevó en el carrito. Eran dieciocho panes, sin carne, pero con salsita. Bajo aquel diluvio infernal, Rey recogió los panes, los envolvió en un pedazo de polietileno y bajó de nuevo por Ángeles hasta el edificio. Llegó ensopado, pero contento. Magda no había llegado. Para quitarse la rabia, habló en voz alta:

—¡Cojones, hace doce horas que fue a buscar maní! ¿Lo estará sembrando?

Se comió unos panes. El cuarto se mojaba por todas partes. Entraba agua por el techo rajado, por las grietas de las paredes y por la pequeña ventana, cubierta apenas por un pedacito de tabla. En medio de la oscuridad, el agua corría por el piso, Rey encontró una esquina seca, junto a la puerta. Ahí puso la colchoneta y se durmió, escuchando la lluvia incesante, las ráfagas de viento, los truenos.

Al día siguiente continuó la lluvia. Escampaba una hora y llovía cuatro, intensamente. ¿De dónde salía tanta agua? Rey pasó todo el tiempo solo, comiendo panes. Preocupado por la ausencia de Magda. «Estará con algún viejo. Seguro que regresa con pesos», pensó. Por suerte aquel pequeño pedazo de piso se mantenía seco. El resto del cuarto era un río. «Llueve más adentro que afuera», pensó. Dormitó un poco por la noche. Amaneció. Seguía lloviendo. Ya era demasiado. No había mucho viento. «¿Será un ciclón?» Nunca había visto uno. Lo sabía por los relatos de su abuela y su madre. Hacía un día y medio que llovía. Le quedaban unos cuantos panes. Los contó. Siete. Salió al pasillo. El agua corría por todas partes. El edificio estaba casi totalmente demolido. En el pedazo que quedaba en pie vivió Sandra, el viejo que le salvó la vida a Magda y ellos dos. No había nadie ahora. Sandra en la cárcel, el viejo en el hospital, o muerto, Magda perdida bajo la lluvia. Rey no aguantó más los deseos: se agachó allí y cagó tranquila y abundantemente. Se limpió con papel de los cucuruchos. Casi terminaba cuando apareció Magda, ensopada, subiendo por la escalera. Venía chorreando agua. Cuando vio a Rey cagando, se echó a reír a carcajadas.

—¿De qué te ríes, chica?

—Pareces un mono cagando, jajajá.

—Te pierdes dos días y todavía tienes ganas de reírte.

—Si no te conviene, vete echando. Yo estoy en lo mío, papi.

—¿Cómo que en lo tuyo?

Entraron al cuarto. Magda se asombró:

–¡Ay, mi madre, esto nunca se había mojado tanto!

–No cambies el tema, Magda.

–Menos mal que pusiste la colchoneta en un lugar seco.

–Magda, ¿en qué andas? ¿Cuál es tu putería?

–Mira, traje el maní, y unas cajitas de comida...

–Magda, respóndeme.

–Ay, papi, ya, no te hagas más el marido.

–No me hago. Llevo dos días esperando por ti. Y tú perdía.

–Ya, ya, bobito, vamos a comer esto...

–No vamos a comer ni cojones, Magda... No te burles de mí.

–¿Tú estás bravo?

–¡Claro que estoy bravo! ¡Empingao es lo que estoy! Tú lo que eres una puta...

–¡Puta ni pinga, Rey! ¡Puta ni pinga, Rey! No te hagas el duro. Tú lo que eres un chiquillo comemierda y muertodehambre, de diecisiete años. Yo estuve con el padre de mi hijo, que es un negrón grandísimo y fuerte, de cuarenta años, que tiene una casa con todo adentro, y me quiere mucho, y tiene pesos. ¡Eso sí es un hombre! ¡Con mucho billete y mucho que me ayuda! ¡Tú eres un comemierda, Rey, un cagao, así que no jodas más!

Rey le fue arriba y le entró a galletazos. Magda se defendió y lo arañó por la cara. Rey le dio un buen piñazo. Ella cayó al suelo. Él le dio unas cuantas patadas. Ella lo agarró por un pie y le hizo perder el equilibrio. Se revolcaron en el agua fangosa. Eso los enfrió un poco. No se ofendieron más. Quedaron tranquilos. Sin moverse. Magda empezó a sollozar. Rey se ablandó cuando la vio llorando:

–Magda, por tu madre, no llores.

–Ay, Rey, yo te quiero mucho, Rey, te quiero mucho. Cómo me gustas, qué falta me haces.

–¿Y ese negro?

–También.

–¿También qué?

–También me gusta. Estoy enamorada de los dos. ¿Tú no te das cuenta, cretino, imbécil?

–No me ofendas. ¡No me ofendas!

–Los quiero a los dos. Ay, Rey, estoy en el medio..., pero olvídate de eso. Ahora estoy contigo.

–Sí, después le dices lo mismo a él.

–No, papi, no.

–Ahhh.

Rey no entendía aquello. Los celos lo enfurecieron de nuevo. Magda lo acarició y lo besó con tanta ternura que Rey se tranquilizó. Se desnudaron. Fueron hasta el jergón. Hicieron el amor suavemente, como nunca. Rey la penetró profundamente, con todo el amor del mundo. Y se adoraron de nuevo.

Magda tenía algún dinero. Rey se lo pidió para comprar ron.

–¿Estás loco, Rey? Todo está cerrado. Hay inundaciones por todas partes.

–¿Cómo tú lo sabes?

–El padre del niño tiene una casa normal. Hasta con un radio. No una pocilga como ésta.

–Ahh.

–Además, tuve que venir a pie. No hay guaguas ni ná. Ná de ná. Ahora sí se jodió esto.

–Pues no hay ron, ni cigarros.

–No hay ná, papi. Ná.

No había nada, pero se adoraban. Afuera seguía lloviendo copiosamente. A veces con mucho viento. Al día siguiente, a las tres de la tarde, el temporal continuaba en su apogeo. Hacía setenta y dos horas que llovía sobre La Habana, con vientos fuertes, rachas, truenos. La ciudad paralizada.

—Cuando escampe quiero ir al campo. Hace tiempo que no veo al niño.

—A quien tú quieres ver es al padre del niño. No me juegues con mente.

—¿Yoooo?

—Sí, tuuuú. No te hagas la caimana.

—Qué cínico eres.

—Y tú una hijoputa.

—Jajajá.

Oscurecía. Se hacía de noche, y Magda riéndose a carcajadas. Le gustaba provocar la ira de Rey. En ese momento los muros comenzaron a ceder. Habían absorbido toneladas de agua. Las piedras de cantería, agrietadas, después de más de un siglo soportando, decidieron que ya era suficiente y se quebraron. Un estruendo enorme y todo se precipitó abajo. El techo y los muros. El piso cedió también y todo siguió cinco metros más, hasta el suelo. Sólo quedó en pie el pedazo de muro más seco y firme, junto a la puerta de entrada. Allí estaban ellos, sentados sobre el jergón. En medio del polvo y la oscuridad se tocaron y se abrazaron. ¡Estaban vivos!

—¡Ay, Rey, por tu madre! ¿Estás bien? Vamos, hay que irse rápido, corre.

—No, no, coño, ¡ayyy... cojones!

Rey intentaba sacar su pierna izquierda, aplastada bajo un enorme pedazo de piedra. No podía. Al fin Magda logró ver lo que sucedía, a pesar del polvo y la oscuridad. Intentó ayudarlo moviendo la piedra. Era inútil. Pesaba demasiado. Escuchaban los crujidos del muro y del pedazo de techo aún en pie. En cualquier momento se derrumbaba también. En su desespero, atrapado, Rey tanteó alrededor y encontró un pedazo de tubo. Lo haló:

—¡Toma, Magda, haz palanca con eso!

Lo intentó varias veces. La piedra se movió un poco.

Otro poco más. Rey haló fuerte y sacó su pierna, espachurrada en aquella trampa. Había que huir. Salieron al pasillo. La escalera no existía. También se había derrumbado. Ellos estaban en un pedacito de piso y muro, a cinco metros de altura. Increíblemente aquello todavía se mantenía en pie. Rey no lo pensó. Agarró a Magda por la mano y sólo le dijo:

–¡Vamos!

Se lanzaron y cayeron en cuatro patas sobre los escombros. Se destrozaron manos y rodillas. Rey cojeaba. Huyeron hacia la calle. A pesar de la lluvia, había un grupo de treinta o cuarenta curiosos. Uno gritó:

–¡Mira, quedaron dos vivos!

Ellos no miraron atrás. Salieron caminando hacia la terminal de ferrocarriles. A sus espaldas resonó un estruendo: el último trozo de la habitación de Magda también se vino al piso.


Rey caminaba cojeando. Le dolía el tobillo. Vestía sólo con un pantalón corto. Magda tenía un short y una blusa harapienta que atinó a agarrar a tiempo. Ambos sin zapatos. Cubiertos de polvo blanco. Azorados. Desorientados. Parecían dos locos salidos del infierno. La estación de ferrocarriles estaba repleta de familias evacuadas, niños llorando, gente haciendo cola para un cubo de agua. En los alrededores también mucha gente daba vueltas. Era zona de catástrofe. Decenas de edificios desplomados. Nadie sabía cuántos muertos y cuántos heridos había hasta ese momento. Y seguía lloviendo intensamente. Magda se abrazó a Rey, refugiados en el quicio de una puerta, en Egido:

–Coño, Rey, perdí una caja de maní y cincuenta pesos.

—Da igual. Suerte que salvamos la vida.

—¿Te duele la pierna?

—El tobillo.

Magda lo revisó. No tenía inflamación. Le dolía.

—¿Tendrás un hueso partido?

—Yo qué sé.

Al frente, en el portal de la estación, había una tienda de campaña con una bandera de la Cruz Roja.

—Mira, Rey. Ahí debe haber un médico.

—No, no, no.

—¡Cómo que no! ¡Vamos!

—Que no. No voy.

—¿Por qué, Rey?

—No me gustan los médicos ni los dentistas ni nada de eso.

—¡Rey, no seas anormal! ¡Vamos!

Magda lo agarró por el brazo y casi lo arrastró. Aquello era sólo para urgencias graves. No podían atenderlo. Alguien les indicó que en los almacenes del patio habían instalado un pequeño hospital. Mojándose más, llegaron al patio del ferrocarril. El hospital parecía un manicomio. Eran los almacenes de carga por expreso. En medio de objetos de todo tipo llegados desde las provincias, pero que no se podían entregar, habían instalado catres, camastros, o simples colchas en el piso. Allí estaban los enfermos, los médicos y mucha gente. Todos caminaban, corrían, gritaban, hablaban. Todo al mismo tiempo. A mucha jodienda de Magda —Rey no hablaba—, una enfermera los atendió. Le revisó el tobillo a Rey:

—Sí, puede que tenga fractura..., no sé..., aunque... no está inflamado... ¿Te duele?..., no sé qué decirte..., tiene que verlo un ortopédico.

—Bueno, vamos a verlo.

—Nooo, mi amolll, aquí no puede ser.

–¿Por qué no puede ser, mi hijita?

–Aquí no hay ortopédicos. Vayan a un hospital normal. Esto es para emergencias na'má'.

–Chica, pero esto es una emergencia. Mi marido se descojonó una pata con una piedra. La casa nos cayó encima y...

–¡Oiga, señora, contrólese! Y hable correctamente que no está en su casa. Él no está herido ni se está desangrando, así que no es grave ni de urgencia. Aquí-no-hay-or-to-pé-di-cos. ¿Está claro? No es que yo no quiera atenderla. Es-que-no-hay-or-to-pé-di-cos. ¡Entiéndame, pol favolll!

La enfermera siguió corriendo hacia otro sitio. Decenas esperaban atención. Rey y Magda se marcharon. Salieron de nuevo a la lluvia.

–Menos mal que dejó de relampaguear, Santa Bárbara bendita.

–¿Por qué?

–Me dan miedo los rayos.

Rey iba renqueando, apoyado en Magda. La ciudad estaba paralizada completamente. A oscuras. A las veinticuatro horas de lluvia la ciudad cayó en estado de coma. Se interrumpió el fluido eléctrico, el suministro de agua, los teléfonos, el gas, el transporte público. Nada de alimentos. Rey y Magda no se enteraban.

La lluvia a veces cedía y se convertía en una fina llovizna. Salieron a la Avenida del Puerto, fueron a los elevados del tren. En los alrededores de Tallapiedra había dónde refugiarse: maquinaria abandonada y oxidada, planchas metálicas, matorrales. Se metieron debajo de un camión medio podrido. Al menos estaba seco. Estornudaban. Se habían resfriado. Descansaron un poco y se durmieron.

Al día siguiente les dolían todos los huesos. Intentaron ponerse en pie. Rey hizo un esfuerzo extraordinario y se puso en marcha. Estaba nublado, pero la lluvia y el viento habían cesado. Reynaldo se encaminó por su antigua ruta. Sabía adónde iba.

–¿Pa'dónde vamos, Rey?

–Pa'mi casita. Tú verás.

–Jajajá.

–¡Magda, por tu madre! ¡No te rías por gusto, cojones!

–«Pa'mi casita», cualquiera que lo oye cree que es verdad.

–Ahh, tú eres demasiado burlona.

Caminaron una hora más. Cuando se les calentó el cuerpo se sintieron mejor y caminaban deprisa. Magda suspiró y dijo:

–Pide y te será concedido.

–¿Qué?

–Lo que dicen los curas.

–¿Tú vas a la iglesia?

–No, pero me paro en la puerta, con el maní. Y los curas dicen así: «Pide y te será concedido.»

–Buena mierda.

–Uhm, uhm.

–Pide una casa, Magda. A ver si nos cae del cielo.

–Y comida, Rey..., ¡qué hambre tengo!

–Yo también.

El rastro de carrocerías oxidadas y podridas estaba a la vista. Rey se animó. Había mucha maleza verde y espinosa. Y mucho lodo. Pequeñas corrientes de agua corrían sobre la tierra. Después de cuatro días de lluvia, el suelo no podía absorber más. Rey la guió. Entraron por allí, sin zapatos, chapoteando agua y fango. Él conocía muy bien el lugar, pero no encontró el contenedor. Se alojaron en el carapacho de un viejo autobús. La gente le había arrancado trozos de hojalata, pero aún le quedaba algo. El hambre les mordía las tripas.

–Magda, no puedo más.

–Hay que buscar algo de comer, Rey. Si nos quedamos aquí nos morimos de hambre.

–Tengo que dormir. No puedo más.

–Verdad que los hombres son pendejos..., no es
pa'tanto, Rey. Podíamos estar peor.

–Sí, siempre se puede estar peor..., qué cojones.

–Ahh, deja ver el tobillo..., ¿te duele?

–Sí, bastante.

–Pendejón. Eres tremendo pendejo.

–¿Pa'eso me preguntas? No seas burlona, chica.

–Rey, allá atrás hay unas casitas...

–Sí, yo nunca me he acercado a esa gente porque...

–Porque eres un casa-sola, pero yo sí voy a ir. A lo mejor me dan algo de comer.

–No te van a dar ná.

–¿Quieres jugarte algo?

–Sí. Voy cien fulas a que no.

–Y yo cien fulas a que sí. Dale deposítalo..., jajajá.

–... nosotros con cien fulas..., ahhh...

–Me voy. Pon la mesa, los platos, las servilletas, todo,
que ya estoy de regreso con la jama, jajajá.

Magda se fue. Dentro de la guagua quedaban pedazos
de asientos. Rey preparó algo parecido a un diván. Se acomodó para dormir. El enorme basurero de la ciudad, a
unos cien metros, emitía un hedor insoportable, nausea-
bundo. Rey olfateó y se sintió a gusto. Los olores de la miseria: mierda y pudrición. Sintió comodidad y protección
a su alrededor. ¡Uhm, qué bien! Y se durmió tranquilamente.

Dos horas después regresó Magda. Traía un plato de
arroz, dos papas hervidas y un jarro de agua con azúcar.
Despertó a Rey:

–Dale, papi, cómete esto y dame mis cien fulas, que
gané.

—¿Y tú?

—Ya comí.

—¿Ya comiste? ¿Quién te dio esto?

—Ah, jajajajá...

—Tú y los viejos y los viejos y tú.

—Come y no me regañes más.

Rey se durmió de nuevo. Magda ya roncaba a su lado. Cuando despertó era de noche. Magda se había ido. El tobillo no le dolía mientras estaba en reposo. Volvió a dormirse.

Magda regresó al día siguiente por la tarde. Traía una pizza, cinco pesos, cigarros. Le habían regalado unos zapatos viejos.

—Oye, qué rápido te mueves.

—Cómete la pizza. Debíamos buscar un médico. Ese tobillo...

—No. Nada de médico. Se cura solo.

—Pero te sigue doliendo.

—Cuando lo muevo.

En una bolsita, Magda traía una blusa, una falda, un pantalón, una camiseta. Todo de uso, pero limpio. Se vistieron.

—Tengo que conseguirte unos zapatos o unas chancletas. Así no puedes seguir.

Se quedaron en silencio un rato. Mirándose. Magda se rió a carcajadas. Y contagió a Rey. De nuevo se desvistieron. Y se miraron bien. Ya Rey tenía la picha a millón. Magda se paró sobre él, a horcajadas. Y Rey le mamó su bollo agrio, sucio, con olor a rayo. Le gustaba así, bien hediondo. Entonces ella se la mamó a él. Hicieron un sesenta y nueve. Hacía muchos días que no se bañaban. Eran dos puercos, deseándose como animales. Y formaron otra de sus grandes templetas locas. Ella le decía una y otra vez:

—¿Qué me has hecho, cabrón? ¡Cómo te quiero! ¡Ay,

208

cómo me gustas! ¡Métela más! Toda. Toda. ¡Hasta el fondo! ¡Préñame, coño, préñame!

–¿De verdad? ¿Quieres que te preñe?

–¡Ay, siií! ¡Méteme ese pingón hasta atrás! ¡Hasta lo último! ¡Préñame! ¡Cada día me enamoro más de ti! ¡Préñame, yo quiero un hijo tuyo!

Así pasaron los días. Lentamente para Rey. Siempre esperando a que Magda regresara. A veces llegaba muy de noche, o de madrugada. Traía algo de comer, dinero, alguna ropa vieja. Rey se ponía celoso. Sobre todo cuando ella pasaba un día entero por ahí. Las broncas eran gigantescas. Se golpeaban, se ofendían. Los celos lo hacían rabiar. Ella lo tranquilizaba colmándolo con ron, mariguana, dinero, algo de comer. Y después una gran locura de sexo. Era un rito de odio y amor. Golpes y ternura. A ella se le salían las lágrimas de emoción cuando él la calzaba bien atrás, bien a fondo, y la besaba tiernamente, hasta que resoplaba como un toro y le soltaba sus chorros de semen caliente, fértil, abundante:

–¡Toma, cabrona, que te voy a preñar, cojones! ¡Toma leche que te voy a preñar!

Y ella la sentía cayendo caliente y espesa, y penetrando. Así cada día. Ella siempre regresaba. A cualquier hora. Y lo tenía a él en vilo. Rabiando de celos. Ella todos los días tenía su ración de golpes y seguidamente su ración de amor y semen. Ya Rey podía caminar. Cojeaba. Aún le dolía un poco. Encontró un pedazo oxidado de segueta. Le sacó filo pacientemente. Se hizo un cuchillo. Pequeño pero muy afilado. Cortó un palo y preparó un bastón. Tenía tiempo de sobra. Le talló una paloma, una serpiente, una espada. Recordó su época de los tatuajes. Le quedaban bien los dibujos. Aprovechó su tiempo en tallar pacientemente. Ahora caminaba mejor, apoyándose en el bastón. Pasaba mucho tiempo solo. Soñaba con preñar a

Magda. Una, dos, tres veces. Tener tres o cuatro muchachos. Quería a esa mujer. La adoraba. La quería para él solo. Lo único jodío es que ella se perdía demasiado tiempo y él nunca sabía con quién estaba, qué hacía, dónde se metía. Pensó que debía buscar unas tablas y unos pedazos de polietileno para armar una casita. Allí mismo. Lejos de la gente. Tal vez él podría vender maní también. O buscarse otro trabajo. Y controlar a Magda. Hacerla que respetara y se dejara de puterías. «Es una guaricandilla de mierda, pero cómo me gusta. Cómo me gusta esa guaricandilla», pensaba.

Recogió los materiales en los alrededores. Ese día Magda regresó temprano, aún era de día. Traía cuarenta pesos, comida, ron, y se había bañado.

—¿Y esas tablas, Rey?

—Voy a fabricar una casita.

—¿Aquí?

—Aquí.

—¡Cojones!

—¿Por qué cojones?

—Porque ya tengo guardados sesenta pesos. Y voy a empezar con el maní otra vez.

—¿Y qué? A lo mejor yo también vendo maní..., o algo..., no sé.

—Uhmmm..., no sé.

—No sé ¿qué? No me des más vueltas y habla.

—Creo que me preñaste.

—¿Yoooo?

—Sí, tuuuú. El único marido que tengo eres tú, y tus lechazos me llegan a la garganta, así que no inventes. ¡Es tuyo!

—¿Y los viejos? ¿Esa tonga de viejos que...?

—Ná, ná. Los viejos ni preñan, ni tienen leche, ni se les para, ni un cojón. ¡Ése es tuyo! ¡No te eches pa'trás!

210

Magda había traído una vela. Y templaron desaforadamente en aquella luz mínima. Se durmieron, rendidos de cansancio. Al otro día Magda se fue muy temprano. Rey comenzó a construir su casita. La recostó a la carrocería de la guagua para sostenerla mejor. Invirtió todo el día en eso. Y quedó orgulloso. No tenía herramientas. Sólo el pequeño cuchillo de acero y un pedazo de hierro que hacía las veces de martillo. ¡De verdad que era El Rey de La Habana!

Pero Magda no regresó esa noche. Ni al día siguiente. Ni al otro. Rey estaba ansioso, con mucha furia, rabiando de celos y frustración. Se daba cuerda a sí mismo. «Esta cabrona guaricandilla me está tirando a mierda. Y a mí nadie me puede tirar a mierda.»

Por poco destruye la casita. Para entretenerse construyó un pequeño banco de madera. Con clavos viejos que extrajo de unas cajas de embalaje. Ni eso le quitó la rabia. Pasaron tres días y tres noches. Magda regresó en la tarde del cuarto día. Llegó radiante de alegría en medio del crepúsculo. Tenía el cuello marcado de chupones violáceos y mordidas. Muy feliz, sonriente. Vestía una falda, una blusa, zapatos plásticos. Todo viejo, por supuesto, pero tenía buen aspecto. Rey la agarró por el cuello, violento, y le soltó dos bofetazos en el rostro.

–¿Dónde te metiste, cacho de puta? Llevas cuatro días perdida.

–¡Hey, suéltame! ¡Suéltame!

–Yo soy tu marido, y me tienes que respetar.

–¡No te respeto, ni eres mi marido, ni un cojón!

–¡Estás comía de chupones en el pescuezo, descará! ¿Con quién estabas? ¡Dime!

–Vendiendo maní.

–¡Maní pinga! ¿Quién te hizo esos chupones?

–A ti no te importa.

Rey la golpeó más.

–¡Dime, cacho de puta! ¿Quién fue?

–Sufre, porque no te lo voy a decir.

Rey se enfurecía más y más. La golpeó con fuerza. Le dio unos cuantos puñetazos y casi le desencajó la mandíbula.

–¡Estuve con el padre de mi hijo! Ése sí es un hombre. Que me atiende, me da ropa, comida, dinero, me saca a pasear. ¡Ese negrón sí es un hombre!

Rey la abofeteó más, cegado por la furia:

–¿Y yo qué soy, cacho de puta?

–¡Tú eres un muertodehambre! Un inútil. Un cagao. Esperando aquí por mí, maricón. ¡A mí me gustan los hombres, no los niños como tú…, comemierda!

–¡Tú lo que eres una puta!

–¡Puta, pero con el macho que me gusta! Ese negrón me dio pinga tres días seguidos. Sin parar. Tú eres un niño al lado de él. Y si estoy preñá es de él. Pa'que lo sepas y no te hagas el bárbaro. ¡Le voy a parir otro hijo más!

Cuando escuchó eso, Rey enloqueció totalmente. Agarró el cuchillito y de un solo tajo le rajó la mejilla izquierda, desde la oreja hasta la barbilla. Una herida tan profunda que se le veían los huesos, los tendones, los dientes. Le gustó verla así, desfigurada, con el rostro rajado y la sangre corriendo por el cuello abajo:

–¿Viste, singá, que yo sí soy un hombre? ¿Lo viste?

Ella, aterrorizada, se llevó las manos a la herida y siguió gritándole:

–¡Maricón, hijodeputa! ¡Ese negro te va a matar! ¡Te lo voy a echar atrás pa'que te mate!

Rey, ya sin control, le asestó otro tajazo por el cuello. Le cortó la carótida. De un solo golpe. Un chorro de sangre saltó y empapó a ambos. Magda abrió los ojos desmesuradamente. Otro chorro de sangre a presión. Los bombazos del corazón. Otro más, mucho más débil. Magda se desvaneció. Cayó al piso. Manó mucha sangre por aquella herida. Y murió en unos segundos. Rey, en shock, no sabía qué hacer. Le quitó la ropa a Magda. Se desnudó. Ambos cuerpos cubiertos de sangre pegajosa. Coagulaba rápidamente. La tierra la absorbía. Estaba caliente aún. Y Rey tuvo una erección. Le abrió las piernas. Se la introdujo. Ella no se movía.

—¡Muévete, cabrona, muévete, y sácame la leche, cacho de puta! ¡Dime algo, anda, dime algo!

En pocos segundos Rey soltó su semen. Sacó su pinga aún erecta, chorreando leche, y se sentó sobre el abdomen de Magda. Oscurecía. Y allí se quedó. Sentado sobre el cadáver en medio del charco de sangre. En la oscuridad, sin saber qué hacer.

Al rato se levantó. Tenía la mente en blanco. No se oía nada. Sólo la fetidez repelente del basurero le recordaba que no estaba solo en el mundo. Volvió a entrar. Buscó un cabo de vela, lo encendió para mirar bien a Magda. Acercó la luz a su rostro. Tenía una expresión insoportable de horror. Y los ojos abiertos. El tajazo en la mejilla izquierda la hacía más repelente aún. Fue llevando la luz detenidamente por todo el cuerpo cubierto con costras de sangre. Sus teticas mínimas, su ombligo, los pendejos de la pelvis. Uhhh, tuvo otra erección. Colocó la vela en la tierra. Se masturbó un poco. Con la vista fija en el bollo de Magda. Se lo abrió con los dedos y puso la vela bien cerca, para verla mejor.

—No te voy a echar la leche afuera. Ni te lo imagines.

La penetró. Nunca había sentido algo tan frío en su pinga. Y se vino enseguida. Sin tocarla hacia arriba. No quería mirar. Estaba hipnotizado por el bollo de Magda. El resto del cuerpo era una cochambre de sangre coagulada. Cuando soltó toda su leche, la extrajo. Sacudió los restos y le habló en voz alta:

–¡A burlarte de otro, Magdalena! ¡Yo soy El Rey de La Habana! ¡De mí no se burla nadie y menos una puta callejera como tú!

Ahora estaba satisfecho. Apagó el trozo de vela. Se acostó y durmió tranquilamente toda la noche.

Al día siguiente se despertó al amanecer y se sintió bien. Miró el cadáver a su lado, cubierto de sangre, con aquella expresión de horror. Y volvió a hablarle:

–¿Vas a burlarte de mí? ¿Te vas a seguir burlando? Mira lo que te pasó. Sigue burlándote que te voy a tasajear más todavía. ¡Yo soy El Rey de La Habana y hay que respetarme!

Se asomó a la puerta. Tranquilidad absoluta. Nadie en todos los alrededores. Se miró las manos, los brazos, el pecho. Estaba cochambroso con tanta sangre coagulada. Hasta el pelo lo tenía pegajoso. Se raspó con el cuchillito. Cuidadosamente. Se raspó en seco todas las costras. Registró los bolsillos de la blusa de Magda. Nada, pero encontró una bolsa plástica. En la oscuridad no la había visto. Contenía treinta pesos, dos panes, cigarrillos, una camisa limpia. Se comió los panes, se probó la camisa. Le quedaba bien. Guardó el dinero y los cigarrillos. Salió. Colocó un pedazo de hojalata en la puerta, bien calzada con un trozo de hierro. Y se alejó hacia la carretera. Era poco probable que alguien encontrara aquella casita, rodeada de maleza y de chatarra oxidada. En cuanto uno se alejaba un poco, ya no se veía la casita, bien camuflajeada entre toda la porquería.

Salió caminando, con su pata renqueante, apoyado en el bastón. Se sentía bien, libre, independiente, tranquilo. Y hasta alegre. Casi eufórico. Fue hasta Regla. Atravesó todo el pueblo. Llegó a los muelles. Compró una botella de ron y se sentó junto al mar, en aquellos escalones que tanto le gustaban. Frente a él un trozo de arena, manchada de petróleo y de residuos de todo tipo. A sus espaldas la iglesia. Al frente la bahía, con unos pocos buques fondeados. Más allá La Habana, espléndida, hermosa, seductora. A su izquierda la lancha de pasajeros entraba y salía cargada, cada quince o veinte minutos. Había un sol fuerte, pero también había silencio y soledad. Unos niños chapoteaban en la orilla, metidos en el agua sucia de petróleo, lodo, residuos albañales. Era buena idea. Él también se metió en el agua, haciendo un acopio de fuerza, y se restregó un poco. Se quitó las costras de sangre que aún le quedaban. Salió y de nuevo se sentó plácidamente en los escalones a beber ron, mirando el paisaje, sin pensar en nada.

Terminó la botella. La lanzó al mar. Estaba curda como una mona. Pensó que debía enterrar a Magda. O tirarla al agua. «Algo tengo que hacer porque si las tiñosas la encuentran..., ¡cojones, las tiñosas! Ya deben estar dando vueltas pa' jamarse a Magda.»

Borracho, cojeando, dando tumbos, apresurado, regresó a su casita. Pensaba: «Las tiñosas no se pueden almorzar a Magda. ¡Qué va! ¡Eso no lo puedo permitir! El cadáver de la difunta hay que respetarlo..., cómo no..., hay que respetar el cadáver de esa putica..., jajajá.»

Cuando llegó ya era de noche. Estaba muy borracho aún. No veía nada en la oscuridad. Quitó la tapa de hojalata de la puerta, y un golpe de calor y olor a muerto podrido le dio en la nariz. En su borrachera le habló dulcemente:

—Así es como tienes que estar. Tranquilita. Sin moverte. En silencio. Respetando a tu marido. Eso te pasó por contestona. Si no fueras tan descará no te hubiera pasado. ¿Tú ves? Te jodiste. Tienes que aprender a respetar, Magda..., bueno, ya no..., ya no vas a aprender..., te jodiste, Magda, te jodiste.

Se tiró en su jergón y se durmió al instante. Al día siguiente la muerta apestaba más aún. El sol brillaba, y dentro de la casita, el calor y la humedad aceleraban la putrefacción del cadáver. Rey despertó, la observó un buen rato. No pensaba en nada. Tenía dolor de cabeza y le dolía todo el cuerpo con la resaca. Hubiera querido irse pa'l carajo y dejar a Magda allí. Para las tiñosas.

–¿Qué hago contigo, cacho de puta? Putica de mierda, descará. ¿Dónde te meto? Lo que mereces es que te coman las tiñosas.

Se levantó y salió caminando entre las malezas y los hierros oxidados. Subió a una pequeña loma. Desde arriba se veía el basurero, a cien metros. Había gente. Un bulldozer revolcaba la basura y la acumulaba. Unos camiones descargaban. Diez o doce tipos rebuscaban, buceando en la porquería. «Uhmmm, aquí mismo. Esta noche te voy a enterrar ahí, Magdalenita», pensó. Escondido entre las malezas buscó un buen lugar. Tenía que enterrarla en un sitio alejado y seguro. No podían encontrarla rápido. Nadie. Ni los perros, ni las tiñosas, ni las personas. Se entretuvo analizando por dónde podría entrar al basurero y dónde abriría un hueco. Cuando supo bien lo que haría, regresó a su casita sin que lo vieran. La peste de Magdalena era terrible.

–Ya, hedionda, ya. Esta noche vas pa'l hueco. ¡No sigas pudriéndote, cojones! ¡Lo haces pa'molestar hasta después de muerta! ¡Pa'burlarte de mí hasta después de muerta! ¡No seas puerca y hedionda! ¡No te pudras más!

El resto del día lo pasó a la sombra. Recostado junto a la puerta de su casita. Por la tarde unas auras tiñosas comenzaron a volar en círculos sobre su cabeza. Algunas bajaban lentamente. Se posaban a veinte o treinta metros. Estudiaban el terreno. Habían olfateado la carroña. «Ahí llegaron tus amiguitas, Magdalenita, ¿no las vas a atender? Sal y atiende a tus amigas, Magdalenita. Dale, jueguen a las comiditas. Ellas te comen a ti y tú tranquilita, jajajá.» Tiró unas piedras contra las tiñosas. Las aves volaban, daban unos aletazos, y volvían a posarse. Su vocación carroñera era el único sentido de su vida. Y tenían que cumplirlo.

Al fin se hizo de noche. Se quedó muy tranquilo. Escuchando. No se apresuró. Pensó: «Eres serpiente, paloma y espada. Eres El Rey. Tranquilo, sin apuro. La putica que espere un poquito más.»

Nada. Silencio absoluto. Entró a la casita. En la oscuridad palpó el cadáver. Rígido, frío, apestoso a diablo. Hizo un esfuerzo y lo cargó sobre el hombro.

—Arriba, cacho de puta, que nos vamos.

Ya conocía el camino. Despacio, sin prisa, reprimiendo el deseo de soltar aquel cuerpo tan apestoso. El cadáver soltaba líquidos viscosos y repelentes por los oídos, la nariz, boca, ojos. Fue dejando un rastro asquerosamente oloroso. Llegó a la cima de la loma. Se agachó. Observó un buen rato. No había nadie en todo aquello. Bajó lentamente hasta el basurero, caminando entre malezas. Llegó a los grandes montones de basura en pudrición y se enterró hasta las rodillas. Caminó un poco más y llegó al sitio que había previsto. Tiró el cadáver allí y comenzó a excavar con las manos. Excavó un buen rato, apartando objetos, porquería sedimentada con los años. De repente sintió dolor en el pie. Otro más. Miró. ¡Ratas! Muchas ratas lo mordían. Se fajó con ellas, tirándoles cosas. Las ratas se comían el cadáver. Veinte. Treinta. Aparecían más y más. Cuarenta. Muchas más. Lo mordieron por los brazos, en las manos, la cara. Les arrebató el cadáver. Las ratas chillaban y se lanzaban contra él.

—¡Vamos, hijas de puta, vamos! ¡Quítense del medio! ¡Esto va pa'l hueco!

Logró lanzar el cadáver en el hueco. Las ratas siguieron mordiendo, enloquecidas con el fiambre. Arrancaban trozos del cadáver. Y lo mordían a él y le arrancaban trozos de piel. Tiró la basura sobre el cadáver y las ratas. Lo cubrió todo como pudo. Algunas ratas siguieron arriba, atacándolo sin cesar. Al fin terminó. Tenía todo el cuerpo adolorido. Decenas de mordidas. Cien tal vez. O más. Eran ratas enormes, fuertes, salvajes. Le habían arrancado trozos de los brazos, las manos, la cara, el vientre, las piernas. Quedó deshecho. Salió caminando como pudo, arrastrándose hasta su casita. Le llevó casi una hora llegar. Entró y se tiró en el jergón. Estaba mareado, con náuseas. Le dolía todo el cuerpo. Se quedó dormido.

Cuando despertó no sabía si era de día o de noche. Casi no podía abrir los ojos. No lo sabía, pero tenía cuarenta grados de fiebre, y siguió subiendo hasta cuarenta y dos. Vomitó. Las náuseas, el mareo, el dolor de cabeza, el delirio de la fiebre. Todo se unió para aplastarlo como si fuera una cucaracha. Y no pudo ponerse en pie. Por su mente pasaban imágenes locas. Una tras otra. Su madre muriendo, con aquel acero enterrado en el cerebro. Su abuela, tiesa delante de él. Su hermano, estrellado contra el asfalto. Él con el santico pidiendo limosna. Tenía mucha sed. Quería agua. «Magda, dame agua. Agua, Magda, agua, Magda, agua, Magda, agua...», pero no podía hablar, sólo lo pensaba. Tuvo una muerte terrible. Su agonía duró seis días con sus noches. Hasta que perdió el conocimiento. Al fin murió. Su cuerpo ya se podría por las ulceraciones producidas por las ratas. El cadáver se corrompió en pocas horas. Llegaron las auras tiñosas. Y lo devoraron poco a poco. El festín duró cuatro días. Lo devoraron lentamente. Cuanto más se podría, más les gustaba aquella carroña. Y nadie supo nada jamás.

*La Habana, 1998*

## COLECCIÓN COMPACTOS